天晴

处女座，外表柔弱内心豪迈的美女写手，职场“白骨”，四姑娘山“天晴客栈”老板娘。

喜欢美食，但从不挑食。面包馒头白开水，没有胭脂水粉也能活。热爱旅行，热爱摄影，混迹于诸多户外网站，曾独自一人背包行走于塔克拉玛干沙漠、也常年驾驶心爱的“小尼子”混迹于川藏地带，边走边玩，边玩边拍，与当地藏民混吃混喝，结为好友。

2011年7月自驾西藏，从318到拉萨、珠峰、尼泊尔边境、纳木错、唐古拉山、可可西里、青海湖，一人边玩边拍地开了下来，引发无数感触后整理成《走吧，去西藏》游记，在论坛发帖后引发数百万粉丝热力回应。

她说，有些旅行适合结伴，有些目的地只能留给自己。一个人上路，有时是为了遇见，更多的是为了想念。但是不管怎样，出发，是为了更好地，归来。

微博：http://weibo.com/u/2126519000

博客：http://blog.sina.com.cn/tianqingn999

GREEN DAY

六书坊

走吧，去西藏

天晴 著

武汉大学出版社
WUHAN UNIVERSITY PRESS

图书在版编目(CIP)数据

走吧,去西藏/天晴著. —武汉:武汉大学出版社,2012.11
六角丛书
ISBN 978-7-307-10104-3

Ⅰ.走…　Ⅱ.天…　Ⅲ.①游记—作品集—中国—当代　②摄影集—中国—现代　Ⅳ.①I267.4　②J421

中国版本图书馆 CIP 数据核字(2012)第 198753 号

责任编辑:张　璇　　责任校对:黄添生　　版式设计:韩闻锦

出版发行:**武汉大学出版社**　(430072　武昌　珞珈山)
(电子邮件:cbs22@whu.edu.cn 网址:www.wdp.com.cn)
印刷:湖北恒泰印务有限公司
开本:880×1230　1/32　印张:7.25　字数:106 千字　插页:12
版次:2012 年 11 月第 1 版　　2013 年 2 月第 2 次印刷
ISBN 978-7-307-10104-3/I·599　　定价:19.80 元

六书坊

目 录
CONTENTS

目录
CONTENTS

序

人一定要旅行，尤其是女孩子。

一个女孩子见识很重要，你见得多了，自然就会心胸豁达，视野宽广，会影响到你对很多事情的看法。

旅行让人见多识广，对女孩子来说更是如此，

它会让自己更有信心，不会在物质世界里迷失方向。

这是微博里说的。

我想，我们一生应该要有一次比较冲动的旅行，

最好是在年轻的时候，

最好花自己赚来的钱，

最好去一个遥远的地方，

好好地享受自己每一段的人生。

这是天晴说的。

人一定要旅行，那，还犹豫什么？收拾行李，整装出发，我们上路吧。

这是天晴在微博里说的。

<<<
处处是风景

五月十二日

在微博上看到，有时间要做的十件事：

1. 长途旅游。2. 定期去图书馆看书。3. 给自己做顿晚餐。4. 买个玩偶给自己。5. 去夜店，和朋友假装搭讪。6. 回去看长大的地方。7. 看流星雨许愿。8. 给陌生人捐款，不署名。9. 照顾植物或动物。10. 和朋友们常常聊天。

早年间曾看过的一部电影让我一直记忆颇深。记得片名叫做《单车环岛日记》，整部影片节奏缓慢而安静，色调全是淡淡的清新，没有复杂剧情和纠结的人物背景，110分钟片长里讲述的只是一个大学毕业的台湾男孩骑自行车环岛一周的经历。

时间久远，影片中的故事情节早已变得模糊，男孩在什么地方遇到什么人发生什么事，我已经记不清了，只有那一行出现在影片中的字幕始终无法在心里抹去，他说："有些事现在不做，就永远不会做了。"

一直以来都很想去西藏，这颗种子从多年前接触户外圈开始，就埋进了土，只待时机，静候发芽。

可因为手头的这份工作，我每天的行程被安排得很满。假期不多，且很零碎。工作需要的时候，只能让生活让步。不是我有多敬业，而是事情真的多到忙不完。朋友们常常打趣："你完全是国家总理的日程安排，日理万机啊。"看到我常加班到深夜，吃饭喝茶逛街三不理时，她们也会抱怨："你到底是个女人，还是个机器？"

在如此亚历山大的工作环境下，能有一个小假期都不算容易。更何况，我的西藏之行，不搭飞机，不坐火车，我准备，开车去。那就意味着，这个假期，至少需要……掐指一算，天，至少需要大半个月。

单车男孩的话纠结着我的思绪，终日回荡在耳边，日复一日敲打着我笨重的头脑：有些事现在不做，就永远不会做了。西藏，如果现在不去，可能就永远不会去了。

于是乎，怎么获得悠长假期，成了头号要题。这个假，要请得天时地利人和，缺一不可。当然，还得讲究策略。

5 月 12 日，我冲进了 BOSS 的办公室。之所以这么有胆，是因为经过全方位观察，断定今天是最佳时机。原因有三：一、不是她的生理期；二、她女儿的签证昨天已办好；三、最近业绩一路披靡。

“老板，你的发型在哪弄的？太好看了，电话能给我吗？我也想去弄弄。”

“好！”她笑，在第一页销售报表上签下大名。

“老板，上周末我们的活动非常火爆，活动圆满成功，大家好评如潮。”

“好！！”她再笑，在第二页新闻通稿上签下大名。

“老板，我准备开始写××方案了。虽然时间尚早，但要把事情做在前头。”

“好！！！”她继续笑，在第三页策划方案上签下大名。

“老板，我想下个月休假，6 月 10 号到 26 号。”

“好!!!!”她继续在第四页文件纸上签下大名。我的喉咙都能听见小心肝扑通扑通的声音。

“谢谢老板！那我先去忙了。”说完，以迅雷不及掩耳盗铃之势落跑。在她回过神之前消失在走廊尽头，手里握着的，是她白纸黑字签准的假条。

额滴神哪！我终于要休假啦！

五月十五日

QQ 上三人小组会议。

我，以及我多年的死党 A 和死党 B。

“你脑子进水，有病啊？” A 说。

“我太、太、太崇拜你了！” B 说。

A 是大师兄，2009 年他和二师兄因为对我那个帖子里的照片艳羡不已，毛遂自荐地拜我为师父要做我徒弟，常常好吃好喝地伺候着。因为他年长我几岁，我便假装尊重地称呼他为大师兄。可怜的他，恐怕当初压根也没想到，这个被他人前人后唤为师父的人，其实就是个吃货型的骗子，时隔两年，重庆旮旮落落的吃食都带我去海整过了，才总算弄清楚光圈和快门。

B 是梅梅，2006 年因为工作关系认识后成为死党至今。她的性子很温和，恰好互补了我的暴脾气，这么些年，常常出双入对人前马后，以至于不少人直接或隐晦地怀疑我们的性取向，而我也开玩笑地称呼她是我的二房。虽说我俩的取向完全正常，要是晚上睡一个床上保准鸡皮满地，但是半夜睡不着想找人说话的时候，拨出的号码肯定第一个是对方。

“哪个女娃娃要个长假不去马尔代夫、巴厘岛，再嚷个样也去泰国看看人妖，或是走走海南打望鸟巢，你居然单车进藏？还你一个人开？你不怕开到沟头切？车坏了嚷个整？遇到坏人嚷个整？脑壳进水哇？”大师兄连珠炮似的满口重庆腔教育我，一边在Q上发来“流汗”的表情。

“谢谢，谢谢。就算脑子进水，那也是进了水的美女。”我说。

其实，我脑子里暂时只想得起李承鹏的那段博文。

套用他的话：

有人问我为什么要去西藏。为了使自己显得酷一些，我说，因为，山在那里，湖在那里，大家知道，这是装的，不是有山就一定要去爬，有湖就一定要去徜徉。比如仙女山就在那里，比如长寿湖就在那里，但我不会劳师动众地去。

我喜欢爬山，雪山。一个原因是因为漂亮，以前文人爱说五岳归来不看山，泰山归来不看岳，那是因为古文人交通不发达没去过雪山。黄山和泰山都是不错的，就像重庆的仙女山一样不错，但从漂亮程度个人更推举雪山，比如这次我将去的南迦巴瓦，被誉为“直刺天空的长矛”，夕阳西下，洁白的主峰灿烂得让你想发抖，你甚至不敢说话，怕一说话赤魂就飞了出去。其实泰山黄山仙女山也很漂亮，很适合合影留念，但川西藏东滇西北的雪山那叫壮丽，你会忘掉合影，你只想合十。

我也喜欢看湖，海子。

一个原因是因为干净。以前不知道海子是什么，以为就是藏族人对湖泊的统称。后来才明白，“海子”这两个字，必须和雪山、高原联系在一起才有意义。西湖和太湖都是不错的，就像重庆的长寿湖一样不错，但从漂亮程度个人更推举海子，比如这次我将去的纳木错，被誉为“天湖”。晨雾炊烟，映在湛蓝的湖面，美丽得让你想发抖。你甚至不敢说话，怕一说话就惊扰了天上的神灵。其实西湖太湖也很漂亮，很适合湖边嬉戏，但川西藏东滇西北的海子那叫圣洁，你会忘掉嬉戏，只想跪下。

“太酷了，我支持你！”梅梅打出 Y 的表情。我谢谢她的理解，但反感这个 QQ 表情。我一直认为它是“你真二”。

我拿出极度的耐心对大师兄解释：“其实想去西藏很久了，你知道我现在的工作，如果不利用假期去西藏，那就意味着不辞职就再没机会了。15 天，15 天啊。

梅梅补充：“是啊，什么叫舍不得孩子套不着狼，这就是。”

……

“那你约个车作伴嘛。”大师兄见我去意已决，只能退而求其次地归劝。

“麻烦啊，你知道我一个车走惯了。这些年单枪匹马走川西，不是头发都没少一根地回来了？”

“得鸟。路书整理好了发给我，我帮你看看。”大师兄道。

“得鸟。好想去当跟屁虫。”梅梅道。

五月十六日

QQ上与C商量出行事宜。

“C，我请好假了。”

“好安逸哦，可以出去旅行了！”

“C，你明确你此行的主要任务么？”

“明白。一、当好GPS；二、当好摄影助理；三、当好背夫；四、当好财政大臣。”C干脆地在电脑那头回答，我这里似乎都能听见他把胸脯拍得啪啪作响。

非常正确，加10分。

五月二十三日

南滨路，重庆屁民们不多得的休闲之地。晚上，江对面灯火阑珊，光影婆娑。不知是谁冠以它“小香港”的美称，我却不以为然。曾和某位学建筑设计的朋友交流，他说得在理：“香港夜景和重庆夜景的最大区别：香港那是楼里面透出来的光亮，重庆那是亮在楼外面的豆腐渣。”

且不说晚上的夜景，毕竟夜景还是可以唬唬外地游客的。到重庆这十年，我接待了来来往往的省亲团、观光团、考察为名旅游团、老乡相聚团、同学见面团若干，统统带领他们在“一棵树”前一字排开，留下高大光辉的“英熊”形象。虽然我知道，再往山上走十分钟，就有一块大坝子，看得更广更全，一棵树看起来就像一棵葱。还可以铺张地垫买点鸭脖子坐着啃，不收门票。但外地游客们不认，他们到重庆的意义更在于一棵树这个标志性建筑，其他的夜景统统是旁门左道。这就像买了个双 C 标志的包，如果包上没有大大的 LOGO，谁知道你拎的是香奈儿还是香菜儿。

就说现在，白天的南滨路。南滨路上一溜烟排开许多小茶馆，还有一个叫做“菩提树”的酒吧。“菩提”和“酒吧”，瞧见没有，这才是境界：酒肉穿肠过，佛祖心中留。冬天和秋天有阳光的时候，茶馆老板们麻溜地把桌椅摆出室外，老旧的藤椅随时都在扎你的屁股，一杯劣等茉莉花茶要价50元/壶。这有点类似抢劫。但你不坐有人坐，你不喝有人喝。不是重庆人太有钱，CQTV里昨天说重庆屁民们人均月收入突破6000元大关，我想在统计这个数据的有关部门眼里，重庆的一年，只有三个月。

南滨路茶座生意爆好的原因，和夜景无关，和菩提无关，和收入无关。它，只和重庆的阳光有关。

重庆一年只有两季：夏季、冬季。春季和秋季可以忽略不计，因为实在太短暂。在这个夏天已经来临的午后，昨夜下过一场雨，气温22摄氏度，太阳暖暖的，并不晒人。这就吸引了长久憋闷在重庆阴沉沉天空下灰头土脸的一众人等。只要一出太阳，气温25度以下，就跑到南滨路来打拥堂。虽然，天并不蓝，树并不青。不过，我们可以晒太阳，吃火锅，生活多么美妙。

此时我和大师兄正在南滨路晒着太阳讨论西藏行程。

他仍在叹气："危险哪。"

我不服气："你去年不也单车进藏？"

他继续叹气："那不一样。虽只一台车，可坐了我们四个彪悍的男人，劫匪也要顾忌三分。"听到这话，我眼前立刻浮现出和他同行的东哥那彪悍的光头，忍不住嘿嘿笑起来。

我边笑边说："我虽只有一台车，可看到我这么个如花似玉的姑娘，再凶的狼都会手下留情。"

"是噻，直接拉你去做押寨夫人。"他丢给我一个大卫生眼球，把眉头扭成8字："我们四个男人都会开，两三小时轮换一次，不会觉得那么累。而你们只有两个人，全要靠你从头开到尾，一个女孩子家家的，受不受得了这个苦？"

"肯定没事，我也不是没有通宵开过车。这么些年，走南闯北还少么？"我仍在争辩。

"反正万事皆小心，给！"大师兄摇摇头，从包里掏出厚厚一叠打印纸塞在我手里："拿去！"然后低头喝茶不再理我。

我翻开一看，这一叠，是他连夜替我整理好的路书。

路书经过大师兄修改完善，沿途旅馆以及好吃的餐馆都整理得巴巴适适，详尽得只差没标哪儿上茅房哪儿买厕纸。

我伸出手，搭在他肩头，用力按了按，心头的感动，已无法用言语形容。

回到家后，看到路书最后，大师兄如下写道：“1. 不要开夜车。2. 遇到牦牛不要靠太近。3. 下车拍照锁好车门。4. 下雨塌方等待通行。5. 过岩壁时观察通行。6. 东西带齐，不要嫌麻烦。”

他哪里会想到，他的骗子师父，这一路走来，连夜赶路自不必说，被牦牛追，相机差点被抢，下雨塌方一路前行，修车工具一样没带，还差点和 C 各走各路。只是当旅程走完，所有遇到的困难都成为过去，所有的一切，只留下美好，唯有美好。

当然，这是后话。

五月二十四日

好久不见的屈同学突然在网上招呼我。原来他也准备进藏。

他的时间是7月29日到8月20日，足足二十多天，太爽。我们互相交换行程，发现他整理得更为详尽和完善，连途中的景点和必带的准备物品都详尽妥帖。

比如：

随车装备物品：

（1）穿着类：除备齐当季外出服装外，还需备齐羽绒服、保暖内衣、户外遮阳帽、户外鞋、头巾、墨镜、针线。

（2）洗漱类：洗漱梳理用品、湿纸巾、消毒纸巾、消毒液。

（3）护理类：30倍防晒乳、润唇膏、护肤油。

（4）饮食类：保温壶、热水器、饮水杯、保鲜袋、方便食品、大量的各种零食。

（5）图书类：《汽车司机专用地图集》、《中国公路与旅游地图册》、《西藏自驾完全手册》、《川藏线摄影指南》。

（6）文具类：笔记本电脑、320G移动硬盘、路书速记本、便笺纸、笔。

（7）工具类：胎压表、充气泵、套筒扳子、钳子、螺丝刀、撬棍、电源接线板、铁锹、简用水桶、手电筒。

（8）车辆备品：备胎1个、空气滤芯1个、5吨拖车绳、电瓶线、20升备用汽油桶。

（9）通讯导航：原车GPS、对讲机、手机、电池、充电器。

（10）照相器材：单反相机，长、中、广各焦段镜头、三脚架、电池、充电器。

（11）户外用品：帐篷、睡袋、背包、雨具、防风打火机、多功能刀。

再比如：随车常备药品：

（1）感冒药：白加黑、感冒胶囊、银翘片。

（2）止痛药：必理痛、芬必得。

（3）胃肠药：泻立停、氟哌酸、藿香正气胶囊、胃气止痛丸。

（4）消炎药：磺胺、螺旋霉素、头孢安苄胶囊、氧氟沙星。

（5）鼻喉类：鼻腔外用软膏、草珊瑚含片、金嗓子喉宝。

（6）维生素：21金维他、骨密钙、大蒜油胶囊、番茄红素。

（7）外伤药：正红花油、云南白药、创可贴、碘酒、纱布、胶布、酒精棉球。

（8）眼睛护理：眼药水、眼药膏。

（9）高原反应药：红景天、高原安、西洋参含片、丹参滴丸、速效救心丸。

偶滴神！

这哪是在旅行，完全一个举家搬迁的浩荡工程。

秉承化繁为简的原则，得出最终定案：

（1）穿着类：除备齐当季外出服装外，还备了羽绒服、保暖内衣、户外遮阳帽、户外鞋、头巾、墨镜。

（2）洗漱类：洗漱梳理用品、餐巾纸、湿纸巾。

（3）护理类：防晒乳以及美美的化妆品。

（4）饮食类：水壶、保鲜袋、方便食品。

（5）图书类：《中国公路与旅游地图册》。

（6）文具类：笔记本电脑、便笺纸、笔。

（7）工具类：充气泵、套筒扳子、钳子、螺丝刀、手电筒。

（8）车辆备品：备胎1个、防滑链、20升备用汽油桶。

（9）通讯导航：GPS、手机、电池、充电器。

（10）照相器材：NIKON D700、24－70、70－200、14－24、三脚架、电池、充电器。

（11）户外用品：睡袋、背包、多功能刀。

（12）随车常备药品：感冒药、散列痛、创可贴。

最后确定路书如下：

6月9日——第1天

下午下班后出发

重庆——雅安（466km）全高速，约6小时

住：雅安美客美家旅店（0835-851××××）

6月10日——第2天

全天335km，约行车7小时

雅安——泸定（138km）G318国道，约3小时

——康定（48km）G318国道，约1小时

——新都桥（76km）G318国道，约1.5小时（翻越折多山）

——雅江县（72km）G318国道，约1.5小时（翻越高尔寺山，海拔4412米）

6月11日——第3天

全天317km，约行车7小时

雅江——理塘（137km）G318国道，约3小时（翻越剪子弯山，海拔4659米；翻越卡子拉山，海拔4718米）

——巴塘（180km）G318国道，约4小时

（翻越海子山，海拔 4685 米；看传说中的姊妹海）

6 月 12 日——第 4 天

全天 260km，约行车 6 小时

巴塘——竹笆笼（32km）G318 国道，约 0.5 小时（过金沙江大桥，进入西藏）

——芒康县（72km）G318 国道，约 1.5 小时（进入西藏地区）

——左贡县（159km）G318 国道，约 3.5 小时

（过悬崖温泉，翻脚巴山海拔 4200 米；翻东达山海拔 5008 米）

6 月 13 日——第 5 天

全天 290km，约行车 6.5 小时

左贡——八宿县（200km）G318 国道，约 4.5 小时

（下怒江 99 道拐，过怒江天险）

——然乌湖（90km）G318 国道，约 2 小时

6 月 14 日——第 6 天

全天 257km，约行车 5.5 小时

然乌——波密县（127km）G318 国道，约 2.5 小时（东方小瑞士）

——鲁朗镇（130km）G318 国道，约 3 小时（过通麦天险）

（一定要去吃——刘氏石锅鸡，0894-589××××，提前 1 小时喊他弄起，老板是合川人）

6 月 15 日——第 7 天

全天 102km，约行车 2 小时

鲁朗——八一镇（102km）G318 国道，约 2 小时（翻色季拉山海拔 4728 米）

（早上去鲁朗林海，在山上的观景台可以看到南迦巴瓦峰，争取日落前到山上的观景台，就在路边）

6 月 16 日——第 8 天

全天 400km，约行车 7.5 小时

八一镇——巴河镇（79km）G318 国道，约 1.5 小时（巴松措）

——工布江达县（49km）G318 国道，约 1 小时（中流砥柱）

——墨竹工卡县（204km）G318 国道，约 3.5 小时（松赞干布故里）

（翻越米拉山海拔 4900m）

——拉萨市（70km）G318 国道，约 1.5 小时

6 月 17 日——第 9 天

拉萨市区逛

6 月 18 日——第 10 天

拉萨——日喀则市（266km）G318 国道，约 4.5 小时

（班禅行宫；扎什伦布寺）

6 月 19 日——第 11 天

日喀则市——拉萨（350km）307 省道和 204 省道，约 7 小时

（羊措雍湖）

6 月 20 日——第 12 天

全天 438km，全天行车 7 小时

拉萨——当雄（163km）109 国道，约 3 小时

——纳木错（60km）景区公路，约 1 小时

——那曲（206km）109 国道，约 3 小时

念青唐古拉山与天湖纳木错的美丽传说。

6 月 21 日——第 13 天

全天 839km，预计行车 10 小时

那曲——安多（137km）

——唐古拉山口（89km）

——沱沱河镇（192km）

——昆仑山口（260km）

——格尔木（160km）

走在世界屋脊的天路上，这天是赶路（要早起）。

6 月 22 日——第 14 天

全天 770km，预计行车 9 小时

格尔木——都兰县（347km）109 国道，约 5 小时

——青海湖宾馆（276km）109国道，约3.5小时

——西宁（148km）109国道，约2小时

穿越柴达木盆地。

6月23日——第15天

全天418km，预计行车7小时

西宁——海东（40km）G6京藏高速，约0.5小时

——碌曲县尕海（347km）G213国道，约6小时

——郎木寺（38km）G213国道，约0.5小时

6月24日——第16天

全天1016km，预计行车13小时

郎木寺——花湖（38km）G213国道，约0.5小时

——若尔盖（50km）G213国道，约1小时

——唐克（63km）S209省道，约1小时

——红原县（80km）S209省道，约1.5小时

——黑水县（163km）S209+S302省道，约2.5小时

——茂县（123km）S302省道，约1.5小时

——汶川（41km）G213 国道，约 0.5 小时

——都江堰（78km）G213 国道，约 1 小时

——重庆（382km）全高速，约 4 小时

住：七星级温暖的家。

中间有几天机动，灵活安排。

将行程得瑟给 QQ 群里的众人分享，又引发若干讨论：

烧白说：“你疯了，每天都在哈起开。”

光哥说：“一定带上充气泵。”

大师兄说：“路上随时发游记，让我们知道你在哪。”

二师兄说：“好羡慕。”

帕帕说：“小心，工具带齐。”

还有些人纷纷说：“有病的人，没有五星级宾馆，没有美味佳肴，会死。”

我说：“烧白，以我的技术，你懂的。”

我说：“光哥，带上了，没问题。”

我说：“大师兄，你还让不让我活哟。每天开得瓜兮兮

的，还要上线发游记。”

我说：“二师兄，一起不?”

我说：“帕帕，带齐了工具，下回把你带上。”

至于某些人，我们不是活在一个星球，不说了。

六月二日

花了两天时间给小尼子做了全检。一切正常，安。

一直很想把车胎换掉，在改车行换更大更厚的专用越野胎，据说改装之后底盘能再升高 5cm，5cm 啊。

只不过胎换了，钢圈也得换。钢圈换了，整个车看起来这么拉风，行李架就不能不换了。行李架换了，顶灯不能不装。顶灯装了，当然不能再安着现在这个前后保险杠。

4S 店当初整车配套强买强卖，必须装指定行李架和保险杠。后遗症是我现在上街看到满大街的长安之星装着和我一样的爱车装备，常遇到等红灯时有路人经过我的车旁，会大声指点着说："也，这个长安车改得还好也，"引得我一阵内伤。

算了，节约。现在油价涨幅快赶上刘翔的速度，破十是指日可待的，到那时就直接甩火腿上班，车钱油钱统统都省了。

六月七日

早上闹钟响，迷糊中嘟囔:“好烦，不想上班!”

老妈在旁边关切地说：“我带你去看心理医生好不好?”

……

好嘛，我承认，最近我心态是不太好，天天加班，都快加成阿宝（《功夫熊猫》，你懂的）了。

一哥们前不久刚从广播电台调职到电视台，工作时间由原来的每天一小时增加至每天八小时，这哥们在微博上大吐苦水:“再见，我的健身，再见，我的懒觉。”

我不怀好意地给他留言：“嗨，兄弟，你现在只是在过正常人的生活。”

我们有时总会偶尔犯贱，见不得别人好。

好嘛，我承认，最近我的事情有些一团糟。愈小心，愈是难防暗箭。一好好的 OFFICE 都快整成人肉拼杀现场。每一个当面对你笑的背后有可能都会捅你一刀，每一个饭桌上给你夹菜敬酒的背后都有可能不定下点什么药。

我们总是这样，害怕别人更好。

倒并不是厌恶加班，这些年为了工作，熬个通宵只是家常

<<<
香火

便饭。

记得有段时间，将近一个月，每天忙到晚上三四点，七点半又得爬起来，膝盖累出了病，还不是眼泪一抹又继续工作。

所以，我无比热烈地期盼着这次旅行，去一个没有人认识的地方，关掉手机，不传简讯，假装自己再不被俗世困扰。

也许藏区就是这样，爱它的人爱得要死，恨它的人也恨得要死。

恨它，无外乎，吃不好，住不好，加上高原反应，旅行完全像在受罪。

爱它，却以为，景色美，人朴实，加上秒秒可见的天路和神山。

风景，在每个人看来都不一样。就像大师兄说的，深水层和浅水层的鱼永远都不可能游到一起，人与人，各自对人生的感悟不同，自然对待世界和自然的心态也会不同。

不管怎样，收拾行李，整车出发，

西藏，我的布达拉，我来了！

六月九日

下午出发。全天604公里，约7.5小时。

重庆——雅安（466km）全高速，约4.5小时

——泸定（138km）（夜晚翻二郎山，约3小时）

路况播报

重庆至雅安全程高速，重庆至成都288公里，上绕城高速行车约30公里后转京昆高速（成雅高速）行车100公里。

雅安下道后向泸定方向，经天全，翻二郎山，至泸定。过完隧道后约5公里路段施工单边放行，每次放行时间约30～40分钟。

夜间行车山上遇到雨雾，能见度20米左右。减速缓行。

小贴士

雅安至泸定要翻二郎山，这段路货车较多，路面不少地方被大货车压得坑洼不平，小心行驶。全长8596米、海

拔2140米的二郎山隧道修通后，节省很多行车路程，但半山腰的气候亦属多变，遇到下雨或下雪时要谨慎通行。

下午2点准时出发。行李头天已打包妥当，一个35L背包，一个相机包，还有几个收纳箱，分门别类地收纳着药品、衣服、食品和工具，只是唯独忘记检查GPS。

之前出于周全的考虑，准备了两个GPS。一个旧机，许久没用。一个新机，未曾试机。

刚开出停车场停在路边打开GPS设置路线。没想到两个GPS像中邪般全开不了机，插上充电器再试，无果，左敲右打，仍无果。

难道真如大师兄所说，西藏之行之艰苦，出乎人的想象？而这份难，就从这当机的GPS开始？要知道，我在朋友圈可是出了名的路痴，高速路口常常下错道，遇到转盘永远都会把我转晕。

怎么办？

时间紧迫，如果再去数码城走一趟，今天便无论如何赶不拢目的地。

怎么办？

考虑了一分钟，咬牙一扭方向盘，把心一横。鼻子下面一张嘴。路在脚下，继续走吧。

出行的第一天，就把大师兄的叮咛抛在脑后，夜翻入藏的第一座大山：二郎山。路书上第一天的行程便被打乱，不是因为我太不听话，而是因为翻过二郎山就是泸定，梅梅陪她的朋友一行 7 人至康定拍婚纱，今天下午五点先抵达泸定。在县城的小酒馆里，梅梅正热好了梅子酒等我。

开到二郎山脚下时候已是傍晚八点，山下飘起小雨。慢慢往山上前行，我知道这种天气，再往上走，多半会有大雾出现。这几年，出入川西十几次，二郎山的路也来回翻过十来次了，阳光明媚的天走过，大风大雪的天也走过，这条路，熟悉得不能再熟悉。

半山腰开始，大雾如约而至，被风吹着一阵一阵地扑到车跟前来，伸手不见五指。

C 在副驾把我和他的安全带再仔细检查一遍，然后自语道："这个雾，完全看不到路。吓人得很。"

我腾出一只手拍拍他的肩："没事，这种天气，我见多了。"

"难道这种天气很常见?"第一次走这种路的 C 很疑惑。

"是啊，高原气候多变，大雾大雨大雪，加上泥石流塌方落实，这些气候和路况，都有可能遇到。想起那次地震后我单车穿卧龙去给镇上的小孩子送书，那场雪下得，一路都是暗冰……"

提起这些，我就没来由的兴奋，话匣子也开了："那次过一个隧道，隧道口一大摊冰，光溜得照得见人影。一从隧道口出来，车子就直接打滑往旁边的悬崖冲，不过我福大命大，离悬崖还有一车轮时刹住了车。还有那次去色达遇到的泥石流……"我说得兴起，眼角余光却撇见 C 的神情有些担忧的凝重，只得赶紧收声。

山上的雾真是非常大。车一直被雾浓浓包围，看不到前面

<<<
沪定夜色

的路。路上不时会有大石头在雾中突然就那样蹦出来拦在路中间，我不停地把煞车踩得吱吱作响。

我边在大雾中找路，边对 C 说：“如果车挂了，我们只有回去。这趟行程，第一天就嘎崩了。”

C 紧张得把手里的佛珠串捏了又捏，脸上的表情更为凝重了。

以时速 10 码的蜗牛速度爬行至二郎山隧道，大雾终于散去，黑色的天幕也渐渐开阔起来。晚十点，我们终于安全抵达沪定和梅梅会合，他们早已整了满满一桌好酒好菜候着。

平时在城市里，我是素来不喝酒的，下班之后的应酬也是能推就推，没事就爱约上三五好友在家做饭看个小众的片子，无酒，只喝水和茶。

但在出行的路上，我常爱小酌几口。今晚，给自己倒上一杯梅子酒，让微熏的酒香消除整个下午开车的疲倦。

梅梅开心地给我介绍桌上的几人。胖的叫“猪儿”，瘦的叫“猴子”，倒是好记。帅的那个是易同学，还有去康定拍婚纱的林叔叔和他美丽的小妻子。

不下几杯酒的工夫，一桌人便相聊甚欢。

猴子指着墙上一纸苍劲有力的书法大念道："蚝牛餐馆。"话音未落，众人笑翻。我还没回过神，顺着他手指方向定睛一看，那上面分明写的是"牦牛餐馆"几个大字。

我端起酒杯，起身向他鞠上一躬："小生佩服，失敬失敬。"低头一看，众人都已歪倒在桌子。

他们继续闲侃起猴子的白字史。有次去束河古镇，面对玉龙雪山，站在硕大的束河招牌前，猴子腰一叉，大叹一声："唉，终于到了东河了。"

还有次，几人去成都春熙路，时近中午肚子喊饿，于是走进一家百年老字号抄手店，猴子坐定，大手一挥，冲店小二喊："给我们来三碗'手抄龙'！"

我的大哥啊，人家是百年老字号，那招牌是从右往左念哪。

易同学则一个劲地向我们鼓吹关于林芝的秘密。他半斜吊着眼，满嘴喷酒地说：“看过《2012》没？”

“看过，怎么？这你也信？”我说。

他腾地从椅子上跳起来说：“怎么不信？你知道你们这次要路过的林芝，就是 2012 的秘密基地不？”

我大笑摇头，不置可否。

他继续在我耳边吼，酒气喷了我满头满脸：“你不信的话，用 GOOGLE 地图输入 2012，地点的座标就是林芝！”

鉴于小易同学曾把重庆歌乐山的山路比喻成《头文字 D》里的九道拐，说那段路是遇人杀人遇神杀神，只有车技好得像他这种才敢上去开两转。而我去过歌乐山许多次，不过是开上山又转下山的普通山路而已。领教了他的夸张，因此，我对他的 2012 秘密基地一说并未当真。

一时间，把酒言欢，阙意当歌。

回到酒店打开电脑，连上 WIFI，想起小易同学的话来。抱着好玩的心态打开 GOOGLE 地图，输入“2012”四个数字，没有查找到任何地址。又输入“2012 登船”，还是没有任何信息。我笑："没想姐聪明一世，竟会上了这小子的当！"

笑着再输入"诺亚方舟登船"六个字，网速很慢，地图仍在查找，我不再理会，起身洗漱。

待我冲完热水澡回到电脑前，GOOGLE 地图上清晰地出现了查找结果，而且不止一个：诺亚方舟登船口 1：林芝；2：当雄。

我回来后再 GOOGLE N 次，却再也找不到这个信息，但我确信，那晚我的眼睛，确实没有花。

六月十日

——第 2 天

全天 240km，约行车 8 小时。

泸定——康定（50km）G318 国道，堵车，约 3 小时

——新都桥（115km）G318 国道，约 2 小时

路况播报

泸定——康定沿途在修电站，单边放行。上午8：00～11：00 及下午 6：00 后放行泸定至康定，其余时间放行康定至泸定。短短 50 公里的修路路段，非常堵车，要做好 2～3小时才能通过的准备。

康定——折多山——新都桥路已修好，路况非常好。折多山的盘山公路九曲十八弯，来回盘绕就像“多”字一样，拐了一个弯，又是一个弯，当地人有句话叫：“吓死人的二郎山，翻死人的折多山。”

景点推荐

折多山：折多山位于四川省甘孜州境内，海拔 4298 米，

是康巴第一关。折多山为大雪山一脉，是重要的地理分界线。折多山最高峰海拔4900米，垭口海拔4298米，与康定县城的海拔落差达1800米，是川藏线上第一个需要翻越的高山垭口，因此有“康巴第一关”之称。折多山是大渡河流域的分水岭，也是汉藏文化的分界线，翻过了折多山，就正式进入了康巴藏区。“折多”在藏语中是弯曲的意思，写成汉语就是“折多”二字。折多山顶有白塔和经幡，如遇上好天气，是不错的摄影之地。当地不少婚纱摄影工作室，就常会去折多山取景拍摄。

早听说泸定至康定在修水电站，上午11时前、傍晚18时后放行泸定至康定，其余时间放行康定至泸定。我们今天的目的地是雅江，虽说距泸定只有两百来公里，但听说路程极烂，我们不敢耽搁，早起上路。历经三个小时停停走走，终于抵达康定。

在折多山山顶休息，C回车上取暖，我则四处闲逛。

远处驶来一辆大巴，停下后只见从车上走下一姑娘，上穿紧身黑皮衣，下穿花格超短裙，一双透明黑丝袜在气温摄氏5

度的折多山顶，显得分外打眼。

山顶有个收费公厕，看门的是个五六岁的藏族小男孩，小脸蛋冻得发紫，手里捧着一个簸箕筐，里面有些零钞。

我递了张卫生纸让他擦擦鼻涕，问："小弟弟，在这待多久了？"

他睁大眼睛偏了偏脑袋，伸出一个手指头。

我接着问："冷吗？"

他想了想，点点头，又摇摇头。

我笑了，伸手摸摸他的头，大声说了声："扎西德勒。"

这回他听懂了，咧开嘴笑着回答："扎西德勒。"

溜达了一圈准备上车出发时，见到藏族小弟弟正和黑丝袜女郎纠缠在一起，筐掉在地上，零钱散落也顾不得去捡。那黑丝袜女郎正骂骂咧咧地想往车上走。

我连忙走过去，小弟弟看到我，指了指地上的筐，又指了指黑丝袜女郎。她的手里抓着一把纸币，而那个筐里，除了我之前看到的一张 50 元钞票外，10 元钞票都不见了。

我仿佛明白了什么，把小弟弟拉到身后，对黑丝袜美女说：“筐里的钱是你拿的么？”她丢给我一个巨大的卫生眼球，扬了扬手中的钞票：“我拿回找补的钱，你别多管闲事！”我强按心中怒火：“请问你给的多少钱？”黑丝袜女郎翻了个白眼：“50 元。”此时已围拢了一群看热闹的游客。我笑，慢慢说道：“这筐里只有一张 50 元，钱上面有四个数字，如果你答对，就证明它是你的。”

黑丝女郎没料到这一出，愣在原地答不出话来。

“数字是‘4900’，因为它是我写的。钱是我刚才给的。”说完，我从筐里捡起钞票，举到她眼前，慢慢展开：“看看，是不是？”（其实我是在刚才和小弟弟聊天时，看到这张钞票上已被人写了这几个数字而已。）

周围已围满了围观的人群，此时，发出一阵嘘声。黑丝袜女郎眼看不妙，将手中的钱丢了一地，转身落跑。

我帮小弟弟捡完散落的钞票，抬起头，看着黑丝袜女郎远去的背影，狠狠地道：“美女？我——呸！”

回到车上，发动了车，无意中从倒后镜看到藏族小弟弟正站在车后，一个劲地挥手，嘴里不停地重复着两个字。从他的口型，我知道，那是他学会的为数不多的汉语之一："谢谢！"

新都桥——雅江县（75km）G318 国道，约 3 小时（翻越高尔寺山，海拔 4412 米）

路况播报

新都桥至雅江全程修路，川西的修路基本上是把路全部挖了重新来过，所以路况非常不好。

景点推荐

新都桥，一直以来，这片地处在公路 318 国道南、北线分叉路口，是一片如诗如画的世外桃源。神奇的光线，无垠的草原，弯弯的小溪，金黄的柏杨，山峦连绵起伏，藏寨散落其间，牛羊安详地吃草……川西的平原风光美丽地绽放。这新都桥又叫东俄罗，是一个镇名，而不是一个景区。新都桥海拔约

3300 米，并没有突出的标志性景观，沿线却有 10 余公里被称为“摄影家走廊”。

摄影：

最好的光线出现在早上或者黄昏，站在村头的山坡，整个河谷尽收眼底，你会看到清晨第一缕阳光恰如其分地打在村子里，或是黄昏最后一缕阳光从远处慢慢移走。天空有云的时候，会有精彩的局部光精巧地打在村舍、杨树或坡地上，这就要考验你的瞬间反应了。天气好的时候，还可远眺蜀山之王“贡嘎山”。

住宿：

新都桥的藏式客栈非常多，木雅背包客栈、登巴客栈、玛吉客栈都是非常不错的选择。新都桥的游客众多，旺季一定要提前订房。

饮食：

可吃到川菜和藏菜，新都桥的蔬菜完全靠内地输入，而藏式口味的糌粑、面粉、青稞、酥油茶、牛羊肉随处可见。

小贴士

远眺贡嘎山的山头不高，但因所处海拔为3300米，不远的距离足以让你气喘吁吁。爬山时要缓行，最好走几步停下来休息一下再向上走。山坡附近农家多喂有狼狗或藏獒，不要轻易擅闯民居。藏式客栈大多在冬季不能提供热水洗澡。

路过新都桥，这些年，这片被誉为“摄影家天堂”的地方吸引了我来回不下十余次。

只是我们到的时候，小雨变成了瓢泼大雨。因为修路，路面被大车压得高低不平，积满厚厚的泥浆，或明或暗的巨大起伏，多如牛毛的大小坑洼。雨越下越大，许多骑车进藏的人们身上已经被雨水和泥浆糊了满头满脸。我的车窗也全被飞溅的泥浆糊满。很多时候，需要停车，拿出矿泉水瓶，小心地把车的前玻璃擦拭出一小块干净的面积，以保证视线的通畅，才能继续前行。川西今后来的机会多，我们也就不再停留，继续赶路。

新都桥到雅江，路开始变得难走起来。这仅仅只是万里长征的第一步。

新都桥到雅江的 72 公里，开了快 3 个小时。时速不过 25 公里。临近傍晚，终于快到雅江县城。快到雅江的路上，遇到一群藏族小学生，戴着鲜艳的红领巾，正埋头赶路。看到我们的车经过，纷纷停下向我们敬礼。

我停下车，从后备箱拿出相机，走过去笑着对他们说："给你们拍张照好吗？"领头的小学生转过身大声说："快！排队！敬礼！"不到一秒钟，大家一字排开，立正站好，手高高举过头顶。

咔嚓按下快门，我想起随车带的宝丽来，这是专为此次进藏购买的即时照片打印机。因为以前川西去得多了，经常给当地的人们拍照，拍完之后有些人会写下地址要我将照片寄过去。每每满口答应，可回到都市，被繁忙的生活侵袭，寄照片的事，常常抛诸脑后，一拖再拖。所以这次出行前特意搬回宝丽来，就是想着可以让路上的人们即时看到自己的照片。

我拿出崭新的宝丽来，弄了十分钟却没和相机连接上。雨

>>>
队礼

下得愈发大了，孩子们没打伞，就站在原地看着我，脸上一直挂着期待的笑容，也不急，也不催。

眼看雨越下越大，无奈，我只好收起宝丽来，对他们说："对不起，今天照片打不出来了。对不起，让你们淋雨了。"孩子们的神情，由前一秒期待转变成了失落。但他们还是有礼貌地冲我们挥挥手说："没关系，再见！"然后埋头继续往前走。

回到车里，我一言不发，继续捣鼓着宝丽来。开了又关，关了又开。终于听到"啪"的一声，宝丽来和相机同时闪烁出绿色指示灯。久未出声的 C 说："他们还没走远。赶紧打出来吧。我知道，你不能欠别人的情。"我抬头看看他，笑着点点头。

赶紧把照片打印出来，开车追上了孩子们。看着他们边跑边争着看照片的笑脸，我的心也乐开了花。

快乐有时并不是你得到了什么，而是你为别人做了什么。

六月十一日

全天 137km，约行车 10 小时。

雅江——理塘（137km）G318 国道，约 6 小时（翻越剪子弯山，海拔 4659 米；翻越卡子拉山，海拔 4718 米）

——巴塘（180km）G318 国道，约 3 小时（翻越海子山，海拔 4685 米，看传说中的眼镜海）

路况播报

雅江——理塘全线修路，我们走的时候连降暴雨，路面被大车压得高低不平，积满厚厚的泥浆，或明或暗的巨大起伏，多如牛毛的大小坑洼。加上多处单边通过需耐心等待。这段路即使是越野车，也要做好 5 小时以上通行时间的准备。

理塘——巴塘，前面 70 公里烂路，至剪子山脚路突然变好，可谓非常之好，可以 80 码以上速度前行，这条路是全沥青路面，耗时 5 年新建而成，被誉为川藏线上的“高速公路。”

景点推荐

眼睛海：理塘前往巴塘，途中要翻越一座海拔4500米的高山——海子山。山的半腰有两口近乎一样大小、形状也十分相似、且紧挨在一起的海子，当地人称之为“眼睛海”，又名“姊妹海”。

理塘“八一”国际赛马节：理塘县赛马活动有着悠久的历史，每逢藏历六月初三日敬神山，藏语称之为“祝毕日晓”、藏语意为“六月转山会”，是理塘县民间的传统节日。历史上，每年藏历六月，当绿草茵茵、百花盛开的季节，康区著名的黄教寺庙——理塘县长青春科尔寺，按照古老的习俗举办赛马表演并同时表演马术。

从折多山开始，一路瓢泼大雨。雅江至理塘路上，更是大雨如注，让你完全分不清车和路。

身边不时冲过开着霸道、陆虎的中年男人，经过时不停按着喇叭。“嘟嘟嘟嘟……”震耳欲聋。我不知道，是他怕别人听不见，还是他自己听不见。

川西这边的修路，基本上是把整条路段挖掉重来。因此路面什么状况都有可能发生，我开得更加小心，这是有原因的。自从2006年在驾校以全通过的身份混得驾照一张，历经5年抓方向盘的磨炼，自认为对小尼子操控自如，出发前也是拍着胸脯豪言壮语信心满满。但我忽略了最根本的一个事实，就是我俩完全不懂修车。我俩就是那打开前顶盖找不到防冻液、车胎曝胎只能干瞪眼的主儿。

记得有次我和C从云南念湖回来，天色渐暗，高速路上，开灯照路。

“怎么回事，灯怎么不亮?”我问C。

“不是一点儿不亮，还有点光。”他仔细观察后得出结论。

“完了，肯定是大灯坏了!”我着急地说。

“那怎么办?到重庆还有蛮远哟。”C说。

“那也只能凑合着开了。灯光好暗。看不到路。”我说。

路过服务区，停车加油吃饭。我正起身准备下车，就听C一声疾呼："快看你的灯！笑死我了！"

"怎么了？"我纳闷地下车，看了一眼，很不好意思地跟着笑得打哈哈。

原来，车灯没坏，是被白天的烂路敷上了泥浆，光线透不出来，当然昏暗。

瞧瞧，我们就是这样，对开车熟，但是对车却压根不熟。

烂路随时都在挑战我的意志力。经过近 7 个小时的颠簸，我们终于到达理塘。

这个与仓央嘉措有关的地方。传说中，他心爱的姑娘，就在这里。

大约在 300 年前，一个男人爱上了一个女人。那女人有双又黑又亮的眼睛，就像刚刚酿成的葡萄酒般深遂。可是那男人非同寻常，他是藏民顶礼膜拜的活佛六世仓央嘉措。面对心爱的女人，他写下了这样的诗句：

"天上的仙鹤借我一双洁白的翅膀，
我不会远走高飞，飞到理塘就转回。
山顶升起皎洁的月亮，你的脸庞浮在我心上。

你那美丽的脸庞，悄悄浮在我的心上。”

曾经一遍一遍地读仓央嘉措的诗词。身为六世达赖的仓央嘉措，却有着和世俗凡人一样的爱与恨、情与愁。“世间安得双全法，不负如来不负卿？”“住在布达拉宫，我是雪域最大的王。流浪在拉萨街头，我是世间最美的情郎。”一次次读这些句子，翻来覆去，夜不能寐。他爱自由，不想受谁的景仰；他爱他心爱的姑娘，不想断了爱恨情愁的念想；他只想当个凡人，和你我一样。

在理塘稍事休整之后，简单地吃了碗面条，又出发。

从剪子山开始，路况太好。好得让我不停地掐自己的大腿，生怕这是做梦。

驶上一个山顶，有个大大的观景平台。平台下面，是久闻了的眼睛海。即使天气不好，它仍然非常地美，像两汪泪水，静静伫立。

C是第一次看到高原上的海子，已被眼前的美景深深震撼，反复地说着：“真美，真美！”

我，则静静无语。面对这静谧得像绿宝石般的湖面，生怕

<<<
眼睛海

任何一句话语，打扰了它的清静。唯有按下快门，将它，永远定格在记忆的深处。

告别眼睛海，前往巴塘。

曾不止一次听人说，每当夜色降临，理塘至巴塘一线便会有马帮出没。传说现在的马帮，武器已经升级换代，用的不再是刀，是枪。

记得不久前同为摄影爱好者的好友基德说起在川西八美一带遇险的经过。那次他和朋友两人一车，晚上 9 点从塔公前往八美。那一带，也是网上盛传的马帮出没之地。

当车快要行至八美时，公路上突然出现了一堆用粗木垒起的路障，拦住整条路面，有三四十公分左右高。基德不敢停留，加足油门冲过路障狂奔 30 公里，直到看到路边有大车在洗车，才停了下来。下车检查，发现一个车胎已有破损，钢圈也已变形。他回忆说，当他冲过路障时，清晰地听到车后传来了 ‘呼呼冶两声枪响。

我问：“会不会是你因为恐惧，产生了幻觉?冶

他肯定地回答我：“不会。声音很清楚，我一辈子都记得。冶

我又问："那你以后还去吗？"

他再度肯定地回答我："当然要去！风景太美，死在那里也值得。"

也许，藏区就是这样，对于热爱它的人，是几十年如一日一种戒不掉的瘾，即使路上充满未知的恐惧和考验。习惯在路上出没，大步流星地走向更自由的生活，在所有喜欢这样生活的人们心中，西藏，是埋藏了很多年的一颗种子，是不能不去的一个梦。

在理塘县城洗车，问起当地人关于马帮的传说。几个藏族大汉瞪眼哈哈大笑："现在治安好多了，好几年没听说过了。"

这个答案让我又惊又喜。惊的是，那些传说，未必是传说。喜的是，运气不错。

不过，身为一个女司机，再怎么爷们，还是会有胆小的时候，还是不敢轻易挑战这一段的夜路。

傍晚，抵达了巴塘县城。入住的宾馆，窗外就是蓝天白云。月亮也出来了。

想想，这一路，才刚刚开始而已。前面的路，充满未知的答案。想得再多，有什么用？一切都在路上，甘苦与共，艰辛未知，这，才是在路上的快乐。在餐厅点了几道小菜，要上小瓶啤酒，和餐馆里同走西藏路的哥们把酒言欢。

夜色正暗月正明，酒足饭饱洗洗睡。

六月十二日

6月12日——第4天

全天260km，堵车、塌方，约行车7小时。

巴塘——竹笆笼（32km）G318国道，约0.5小时。

——芒康县（72km）G318国道，约1.5小时

——左贡县（159km）G318国道，约5小时（过悬崖温泉，翻拉乌山，海拔4538米；翻脚巴山，海拔4200米；翻东达山，海拔5008米）

路况播报

巴塘至芒康路况非常好。芒康至左贡130公里路段全线修路，多暗包和碎石。天雨会遇到多处塌方。注意观察通行。

景点推荐

邦达草原：海拔4200米的邦达草原，是澜沧江与怒江之间的分水岭。草原长80公里，宽约20公里。世界海拔最高的机场——邦达机场（4334米）就坐落在邦达北面草

原上。

盐井古盐田：古盐田在过去是茶马古道的重要驿站，位于澜沧江两岸。盐井由于产盐而得名，这里至今仍然保持着古老的制盐模式，人们由梯子向下深入洞底，将卤水背上来倒在盐田里，经过风吹日晒变成盐粒。这里是拍当地人文的绝佳摄影地。

小贴士

1. 金沙江大桥是四川和西藏分界点，过了金沙江大桥便是西藏了。在桥头有武警站岗，并对来往车辆和行人进行安检登记，需出示有效身份证件方可入藏。外籍友人和港澳台同胞要办理入藏证方可进入西藏。西藏旅游局分别在北京、成都、西安、上海、西宁、香港和尼泊尔、美国、日本等地设有旅行办事处，具体负责散客组团和进藏旅行咨询等事项。

2. 途经众多小孩子拦车要钱的“娃儿村”，每车必拦，避无可避，要做好思想准备。

出巴塘经过金沙江大桥入西藏界，桥边有武警驻守。每个人、每辆车都要仔细登记身份证、驾照、行驶证。出行的同学一定要记得带齐以上全部证件。

从此刻开始，就告别四川，正式入藏了。我的双脚，也真正切实地站在西藏这片令人神往的土地上。

出发前大师兄告诉我们：“芒康到左贡中间经过的村落，会有小孩子跳出来拦车，多准备点糖果和零钱。”

朋友的同事刚从西藏回来，也说：“经过‘娃儿村’被一群小孩子拦住。不要糖，每个人要十块钱。我们没给，加起油门冲。路不好，把胎开爆了。”

理塘至芒康路况非常好。过了芒康，路况开始差起来。大块的碎石路面，车速一快就要打滑。加上“娃儿村”的阴影笼罩，我开始有些紧张。

提心吊胆地经过第一个村子，许多小朋友在路边玩耍嬉戏，见我们过来，跑到路旁冲我们挥手。

开始我们加油开过，没见有人追上来，戒备心松懈，开始和路边的小孩挥手打招呼。

一边开着车，我说："好像他们说的'娃儿村'就是这里。"

"应该是这里了。"C说。

"看来他们有些夸大了。其实他们只是想招手问好，不是想要东西。"C说。

我说："也许会有小孩子来要糖果，但是你不给，他们应该不会抢。"

相安无事，我们互相鼓劲，为一路所遇的善良纯朴默默叫好。C还摇下车窗，与那些挥手的小孩子摆手回应。

正当我们准备热烈庆祝顺利通过危险路段时，说时迟那时快，突然从路边冲出一个10岁左右的小男孩，一下子跳在马路中间，张开双臂，拦住了我们前行的道路，我们被迫停车。

"完了，来了，还是来了。传说是真的。"我有些慌乱。

小男孩开始不顾一切地往车上爬，爬上来之后，像练了壁虎功似的吊在了车上。然后他腾出一只手，开始猛敲车窗，嘴里大声嚷嚷着：“给钱，给钱！”

我们只好摇下三分之一车窗，把事先准备好的糖果递了出去，这糖果还是C特意去买的徐福记。谁知小男生看都不看一眼，扔出一句：“这个不要，有钱没有？”

真是又气又难过，但心里知道这个钱是绝对不能给的。纠缠了一会，小男生见要钱无望，便开始向车里四下张望。

“那个，要那个。”他手指着还没开封的一盒果冻。

“好嘛，给你。”以为一盒果冻搞定了他，结果他又瞄到了车上的香烟。

“那个，要那个。”

“这是烟，你这么小，要烟做什么。”C企图教育他。

小男生又开始大吼着往车上爬。

如果给一个十岁的小男生香烟，天知道会对他以后的成长起到什么恶劣影响。可是如果不给，我们今天就走不了了。加油冲过去，有可能小男生会受伤，怎么办？

纠结了一下，想尽快脱身的我们，无奈之下，只好把香烟从车窗扔了出去，趁他伏身捡香烟，终于顺利逃脱。

这时候，我们才开始真正担心这些在路边挥手的孩子们起来。路虽然烂，但是开得飞快。

没开多远，只见不远处有个中年女人带着两个小女孩，从长相上判断，应该是母女。那女的用双手推了那两个女孩一把，嘴里嘟囔着什么。小女生往路中间走过来。C 大叫一声："快冲！"

开了百米左右，又见远远的田地里跑过来几个十来岁的小男生，一边挥手一边叫着。我不敢掉以轻心，赶紧加油驶过。从倒后镜里扬起的尘土里，依稀可见他们追了几百米后才停下脚步。

好不容易过了这段路，我和 C 的心情都有点沮丧。

C 喃喃自语道："谁教坏的他们？"

我说："还不是我们这些来旅行的人们。一开始看到他们这么贫穷，心生怜爱，于是停车给吃给喝。以为是做了善事，谁知却培养了他们错误的认知，误以为所有的车都要给东西。渐渐的，来的人越来越多，给东西的人越来越多，他们也就从被动接受变成了直接索取。到了最后，如果不给，便会采取一些极端的做法，明目张胆地要和抢。"

"佛说：人命天定。不以外力改变命运，只能靠自己努力。我们以后不要随便给路上的小朋友东西了。" C说。

我虽觉无奈，但也只能赞同。

其实有些施舍，还要看施给谁，怎么施。做善事前，也要考虑下后续的影响。

六月十三日

全天 290km，约行车 6 小时

左贡——八宿县（200km），G318 国道，约 4 小时

（下怒江 99 道拐，过怒江天险）

路况播报

路况很好，用大师兄的话说，过了左贡，正式进入 G318 豪华路段。

摄影：过了业拉山垭口，就看到怒江山区以“之”字形曲折盘旋，共有 99 道拐（也有的叫 72 个大拐弯），这是川藏公路拐弯最多的一段。沿途雪山、河谷风光交相辉映，景色宜人。跨越怒江大桥后，怒江山是“川藏线上第一大天险”。在怒江的山顶，可以拍到怒江 99 道拐的“之”字形公路。

小贴士

怒江大桥由武警把守，不允许拍照，应尽快通过。狂

躁的怒江被两岸的大山拦腰阻截，最窄处只有几十米。一座拱桥就这样飞架而过，与对岸的山洞相接。怒江路段险恶，岩石松动，经常发生塌方。遇到下雨时，要随时注意观察岩壁情况，确认没有落石和塌方再通过。

一直以来，以为“怒江天险”就是指的怒江 99 道拐。《转山》里不是也有这样一幕：男主角张书豪骑着他的破自行车，在怒江 99 道拐的冰雪路面用双脚当刹车皮，不知摔了多少跟头。

“弯道太急，一不留神就可能冲到悬崖下面去。”这是网上被人念叨最多的一句话，也因此在我心里留下了一丝忐忑。

看着 C 担忧的眼神，我拍拍胸脯说：“我的技术那是杠杠的，你要对我有信心！”然后，加起油门，整车出发。

大师兄给我打来电话，问：“到哪了？”

当我告诉他马上要过 99 道拐了。他在电话那头气定神闲地说：“这段路不可怕，虽然弯道多，但现在路已修好，车速慢一点，没得问题，危险程度甚至都比不过折多山的发卡弯。”

我惊讶地问：“那怎么能称之为‘天险’？”

他哈哈大笑：“瓜娃子，‘怒江天险’指的是过完99道拐的临江悬崖路段，又不是这里。”

挂掉电话，果真轻松地过完99道拐，路况好得我甚至都忘了停车在山顶上拍下盘绕的山路。”结果，一直开到了山脚下，C才一拍大腿，说：“你不是说要拍照？”

我抬起头，望着眼前的高山，无限遗憾地在山脚下闪了一张，权当纪念。

下完山，就进入了“怒江天险”。正在修葺的长长路段，一边是汹涌的怒江，一边是峭壁。路面到处被挖得坑洼不平。如果恰逢雨季，应该随时可能遇上泥石流和塌方。好在，我们经过的时候，正是艳阳高照。

没了塌方的恐惧，加上小尼子个头小，我一路驰骋，底气十足。

怒江天险，就这么不知不觉地，消失在了我们的视野。“天险”的考验，给了我继续前行的勇气和信心。

八宿县——然乌湖（90km），G318国道，约2小时。

景点推荐

然乌湖：然乌湖因为紧靠川藏公路为许多旅行者熟知。面积22平方公里，海拔3850米。湖边有大片草甸，两旁是白雪皑皑的雪山。然乌湖西侧湖泊被当地人称为阿木措，狭长的阿木措向西蜿蜒十余公里再逐渐收缩成一道河谷，湖水清澈，牛羊成群。然乌湖北面有来谷冰川，也是不错的摄影地点。

然乌湖旁只有一个客栈，老板很有实力，客栈修得很大，为了迎客，还专门修了条长长的栈道通往客栈。坦白说，客栈的风景是不错的，出门即可看到然乌湖，走上几分钟便可到达湖边。其他的客栈都建在镇上，没了推窗便得水和月的景色，没了奢华的装修和排场。但其实距离湖边，也不过 2 分钟车程而已。C 坚持就住湖边的客栈。388 元的一晚的房价，在藏区称得上天价。

在住宿这个问题上，我一贯坚持着“能省则省”的原则，我总以为，在外面，无非是在一张床上睡一个觉。条件再好第二天也要走，条件再差也不过一个晚上。况且，到了藏区，住在当地藏民家里或开的客栈里，喝着他们亲手熬制的酥油茶，和他们只言片语地交流着单纯美好的祝愿，我以为，这样的旅行，才算真正到了藏区。

而 C 则本着“穷家富路”的指导思想，希望在路上能够将吃住安排得更舒适一些。

第一次意见相左，我选择了妥协。我们入住了然湖驿站。背上大包小包爬上三楼，气喘吁吁地放好行李，C 看着眼前崭新的房间设施，向我投来得意的眼神。

我不置可否地笑笑，伸手去按电灯开头。不亮；走进浴室打开淋浴喷头，冷水。

和 C 跑到前台询问，前台小妹懒洋洋地回答：“今日停电。没有热水。”

我白了 C 一眼。

晚饭后，去湖边散步。白天下过小雨，草地上一片泥泞，风很大，吹在身上，冷得刺骨。

天空阴沉的光线不适合拍照。我收好相机，返回客栈。想营造点感性的氛围，找前台要了两根红烛。既然拍照不成，玩点儿意境总可以吧。

点好蜡烛，兴冲冲地打开电脑，准备慢慢欣赏这几日的照片，开机不到一分钟，昨晚忘记充电的电脑适时地关机了，窗口刮进一阵冷风，蜡烛灭了。

今晚，于我而言，注定是个悲催的不眠夜。

第二天在镇上的小店吃早餐。遇到一对母女。她们从浙江过来，一路搭大巴车到此。

C 问：“辛苦么？”

年迈的母亲摇摇头：“风光漂亮啊，所以不觉得。”

我笑：“更美的路在前面。”

女儿问：“你们住在哪里？”

C 说：“湖边的客栈。”

母亲说：“听说那里很贵。”

我抢答：“是啊，388，没电没热水。”C瞪了我一眼，赶紧接过话茬：“环境不错，房间很干净。”

母亲狠狠地摇头：“我们就住镇上，也干净，60元一晚，有热水，也有电。下次你们不要住那里了，多不划算。年轻人，要懂得节省。”

我斜眼瞟瞟C，他正埋头吃面，脸都快埋进了面汤里。

六月十四日

然乌至拉萨，全天761km，约行车14.5小时

然乌——波密县（127km）G318国道，约2.5小时（东方小瑞士）

路况播报

然乌——波密：路况好。

波密——鲁朗：通麦天险14公里临江悬崖路段，注意车速一定要慢。行进时随时注意观察对面来车，在为数不多的可会车路段做好会车的准备，切不要盲目通过，这段路，应避免在狭窄路段会车。

景点推荐

米堆冰川：该冰川常年雪光闪耀，景色神奇迷人。这是典型的现代季风型温性冰川，类型齐全，特别是有巨大的冰盆，众多雪崩和陡峭巨大、700~800米的冰瀑布。

米堆冰川有许多弧拱构造，恰似龙的根根肋骨，它们

是由于冰瀑区的冰在冬天温度和湿度的不同造成的。这是米堆冰川奇观。

要与米堆冰川做近距离接触的话，还要徒步走进层林尽染的森林，翻越三道冰川运动留下的终碛垅。当走上第三个终碛垅时，一个冰湖出现在眼前，冰湖的另一端有一道宽近两米、高达十数米的断裂的冰舌，发出幽幽的蓝光，从天而下的冰瀑布在阳光下闪着银色的光芒。冰瀑奇观只有在补充丰富、消融得快的冰川上才会出现，如消融得快而补给不足，冰瀑就会中断，形成“悬冰川”；而补充过快而消融不及，冰雪就会把悬崖埋没。米堆冰川是一条补充和消融都很“均衡”，具有灵性的冰川。

听过不少朋友说起，为了进藏，特意去买了越野车。在这个问题上，我觉得大可不必。

在我看来，西藏的路虽难，但是也有不少开着 QQ 车单车进藏的成功例子。其实只要时间充裕，西藏这条路，什么车都能走。一路上，我们目睹许多轿车、奔奔都在进藏路上驰骋，不同的只是时间快慢而已。

六月已经进入藏区的雨季。从康定至理塘、从波密到林芝，一路瓢泼大雨。路上也遇到了不少塌方。只要小心行驶，观察通行，险情会有，但也算可控。川藏线上一路都有军队驻守，同时他们也担负起了抢修道路的任务。

今天在波密再次遇到塌方，沿途下来，遇到塌方的次数已经数不清了。最初遇到塌方时，C 总会屏住呼吸，满脸焦虑，双手紧紧握拳，那紧张的表情让我怀疑他一不留神就会把指甲掐进肉里。一直要到我安全驶过塌方路段，他的神情才放松下来。而不过短短几天时间，现在遇到塌方路段，C 已经变成了把安全带一松，懒腰一伸，扔下一句“又塌方了”便下车晃悠。

停车熄火，和 C 下车打探塌方情况。路旁停着一辆军车。开车的兵哥哥正蹲在地上抽烟。

我走上前和他打招呼：“前面什么情况呢？”

“昨天下大雨，泥石流把前面的路冲断了。昨天到现在都在另开便道。你真运气好，大概还有半小时便道就可通车了。”兵哥哥掐灭烟头，回答我。

我冲他乐："不是运气好，是人品好。没办法啊。"

我看了看那条便道。说是便道，其实就是在路边的丛林里用重型推土机把树枝压平，临时开出的一条小道。路面堆满了巨大的石块和树枝，目测了一下，需要具有越野车和大车的底盘高度才能通过。

停在我车后的是一辆奔奔，车主是个四十出头的中年人。他下车在抢修的便道前徘徊了一阵，然后走到路边，一言不发地抽起了闷烟。

出门在外，人与人的距离会突然变得近起来。原本素不相识的两个陌生人，会很容易地展开交谈。

C走过去，对奔奔车主说："是不是过不了了？"

那中年男人抬起头，苦笑着说："是啊，今天过不去了。"

C安慰道："没事，听说明天能修通。"

中年男人笑笑说："嗯。也好，之前赶路，盐井没有去。现在可以倒回去看看，明后天再继续走。"

其实，西藏的行程，也许就是这样。你觉得它有多难，它就有多难。同样的，你觉得它有多容易，它就有多容易。

因为，不管怎样的道路，路虽远，行必至。

——鲁朗镇（130km）G318 国道，约 2.5 小时（过通麦天险，在鲁朗吃闻名已久的石锅鸡）

通麦温泉：因地处排龙乡通麦村而得名，通麦泉出水量大，水温在 40 度至 60 度，可治疗多种疾病，深受旅行者喜爱。

餐饮：餐饮的主体是藏族风味，饮酒莫忘敬天、地、神。藏食没有真正的烹调，滋味就在原本的汁液中。鲁郎石锅鸡以多味名贵中药材慢火炖制而成，味香扑鼻，吃后唇齿留香。当然，川菜和米饭，在沿途的镇上都可找到。

小贴士

这一段有西藏小江南的美称，空气湿润，气候宜人。白天没有了炎炎烈日的炙烤，要添加衣物，小心感冒。如患感冒切不可小视，应立即吃药，因为在高原上感冒不易康复，严重的还会引起肺水肿及其他多种并发症。

如果对通麦天险路段通行把握不大，最好选择川进青出。这是因为在过通麦天险时，车辆靠右行驶，川进青出的车是走靠绝壁一侧，青进川出的车是走靠临江悬崖一侧。绝壁一侧的危险性相对要小一些。

半小时后，小尼子的底盘顺利通过便道，我们继续前行。

昨晚有点失眠，因为传说中的通麦天险。这一路走来，听闻不少：

传说一：

出发之前在网上搜到如下描述：

"当道路变得狭窄，凹凸不平时，这意味着进入了著名的'通麦天险'，也被称为'死亡天险'，也被公认是川藏南线最为险恶的路段，用四个字可以形容：窄、险、滑、陡。一窄，因整条道路基本上是单车道，只在少数地段建有能够会车的较宽路段。如两车在狭窄地段会车，一定要有一车后退。二险，整条道路是沿河边的山体上开凿而成，一边是河水，一边是绝壁。三滑，遇到雨季，路面湿滑泥泞，险象环生，常有车辆滑进河中。四陡，整条道路弯陡，坡陡，路随山势。不仅转弯处看不到对向来车，更多的上坡处也看不到对向来车。"

传说二：

在波密的加油站遇到一辆京 H 的车。停车加油时的几句交谈，了解到他是青进川出。

他告诉我们："前面的路不好走，约 20 公里会不了车，非常险。"

"那遇到来车怎么办？"我傻眼。

"倒呗。只能倒。"京 H 说。

"那要倒多久？"

"一直倒。"

"20 公里都会不了车？要一直倒？"

"嗯。一直倒。"他看着我的脸，肯定地说："所以叫天险啊。"

传说三：

几天前在左贡晚餐时，和四川来这打工的餐馆厨师聊天，他说："通麦天险太险了。上次我搭大巴车从林芝过来，遇到会车，班车差点儿倒进悬崖。我现在再不敢走那条路，都坐飞机到昌都，然后从昌都过来。"

传说四：

刚刚在塌方路段等待通行时，兵哥哥友好地提醒："前面通麦那段很险。雨季平均一周翻三辆车，你们一定要万分小心。"

只有大师兄一路鼓劲，说："通麦天险其实没那么险。因为大家车速都不快，所以险情也比较好控。所谓会车，无非就是你让他，或是他让你。注意车速，弯道记得鸣笛，大车最喜，见有来车便往旁边一靠，等你来走。"

管他呢。车到山前必有路。

在鲁朗停车过安检时，一辆藏 A 牌的车停在我们旁边。待他瞄到这辆黑色小越野的驾驶座上竟是个女的时，好心的藏民连忙摇下车窗，探出头，冲我们招手。

"前面马上要过通麦天险了，知道不?"藏民说。他的脸轮廓分明，皮肤被长久的日光晒成了黑红色，这是我特别爱的皮肤颜色。

我点点头："知道的。"

他向车里看了看又说："看你们系了安全带的，前面的路很险，把安全带解开吧。有什么状况好跳车。"

我看了看C，听话地把安全带解开。

他接着说："通麦天险翻车的太多了。尤其外地车。"然后看了看我，停顿了几秒，终于说："最好还是男的来开。"

过完安检，向好心的藏民大哥道过谢。我对C说："他说让你开。"

C笑得更大声："我这个新手，只怕是直接开到沟里头去。"

我撇撇嘴，又说："分明瞧不起女人。"

C哈哈大笑："那就让他们见识见识！"

得意地仰起头，将右脚放在油门上，整了整坐姿，在心里默念：

"通麦，小女子天晴，来啦！"

过通麦天险，首先要过一座单向放行的大桥，通麦大桥。桥由整齐的木块铺设而成。因为连日下雨，木桥被雨水冲刷得泥泞不堪，摇摇欲坠。小心地掌稳方向盘，跟随着车流，缓慢

>>>
通麦天险

地通过了通麦大桥。

由此，便进入了14公里的临江悬崖路段，也意味着，正式进入了通麦天险。

驱车行驶在不足3米宽的稀松土路上，右边是随处掉落的飞石，左边是汹涌的帕隆藏布江，心情不禁有些紧张。许多路段的宽度确实仅容一车通过，只是在每隔100米左右，能找到一个略宽的可容两车通过的会车地点。这就需要司机一定提前做出预判，尽量让会车在略宽的地方进行。

这里的地势确实险峻。上坡时视线全无，不知道下面是下坡还是转弯。这几日的暴雨使得路面湿滑不堪，堆满被泥石流冲下来的石块和泥浆。好在大家的车速都很慢，急弯时都要鸣笛提醒对面来车，一路上，虽有险情，但还算可控。

过了不知多少个急弯后，在一段相较平整的路面等待会车。我专心开车，无暇他顾。C拍拍我的肩，对我说：“看，夸你呢!冶

扭头看向旁边的车，一辆藏A牌的面包车里，靠我这边

<<<
通麦天险会车

的窗户全都摇下，车窗里探出的几张黑红面孔，全部伸手竖起大拇指冲我咧开大嘴直乐。

我赶紧摇下车窗，大声地冲他们喊着：“扎西德勒!冶

此刻，心里陡升起一股“一夫当关，万夫莫开冶的豪气来。

跟随前面的大巴车缓行，在弯道，大巴车与一辆卡车相遇了。道路已经没有会车的宽度了，无论是谁倒车让路都很危险。正当我挂上倒挡让出大巴车的倒车距离时，只见对面的卡车也毫不犹豫地倒车了，他们是在靠悬崖的外道，且是弯道倒车。两个来回打轮，大卡车稳稳地停靠在悬崖路边，在让我们通过的时候，我清楚地看见他们的外车轮正压在公路的极限边缘。

所有车里的司机，纷纷摇下车窗，向这无私的藏族司机挥手致敬。相比之下，我这点勇气，实在幼稚得可笑。

就这样走走停停大概 40 分钟后，看到挂满山口的风马旗，心里一阵激动。我们，胜利了!

<<<
鲁朗石锅鸡

这里的石锅是用一种叫做“皂石冶的云母石砍凿而成，而这种石头仅产于墨脱，要靠背夫从墨脱把原始石材背出来后，再由门巴族人用整块石材手工细心凿制，加工时要求下手力道均匀，一旦心急，皂石立被凿穿。墨绿色的云母石锅，保温性特别好，而且据说富含镁铁等 17 种矿物微量元素。

鸡是藏民放养的土鸡，是西藏特有的地方鸡种，耐寒耐缺氧，生长缓慢，适应于高原寒冷恶劣多变的气候环境。炖鸡用的水，是雪山上流下的溪水。鸡汤里还加入了一些手掌参。

石锅鸡需要慢火熬制三小时左右，我们早早打了电话预定。等我们抵达饭馆时，热乎乎的鸡汤立马便被端上了桌。

伸出筷子尝上一口，汤味有一股淡淡的药材清香，鸡肉嫩而有弹性，真是唇齿留香。不过半小时，满满一锅鸡汤，便被我和 C 风卷残云一扫而空。甚至有了想搬口锅回家的想法。

“老板，这个锅有卖的吗?冶

“有，贵哟。冶

“多少嘛?冶心里暗自猜测，两百？五百？

“大的一千三，小的八百。”

我迅速在心里扒拉算盘，这相当于1000个鸡蛋500颗大白菜100斤猪肉。

额滴神！

——八一镇（102km），G318国道，约2小时（翻海拔4728米的色季拉山，过鲁朗林海，在山上的观景台可看南迦巴瓦峰，路上可看林芝全貌，如果五月，可去桃花沟看桃花）

路况播报

鲁朗——八一：路好，但弯道多，车多。许多车喜欢弯道超车或占道行驶。过弯减速、鸣笛。切记。

景点推荐

鲁朗林海：位于川藏公路上。这是一片典型高原山地草甸狭长地带，两侧青山由低往高分别由灌木丛和茂密的云杉、松树组成鲁朗林海。中间是整齐划一的草甸。草甸中，溪流蜿蜒，成千上万种野花竞相开放。木篱笆、木板屋和农牧民的村落星罗棋布，山间的云雾时聚时散，雪山、林海、田园勾画出一幅恬静、优美的“山居图”。以每年10月叶子黄了的时候为最佳的摄影时节。

南迦巴瓦峰：它是中国西藏林芝地区最高的山，海拔7782米，高度排在世界最高峰行列的第15位，但它前面的14座高山全是海拔8000米以上山峰，因此南迦巴瓦是7000米级山峰中的最高峰。它还有另一个名字“木卓巴尔山”，其巨大的三角形峰体终年积雪，云雾缭绕，从不轻易露出真面目，所以它也被称为“羞女峰”。南迦巴瓦在藏语中有多种解释，一为“雷电如火燃烧”，一为“直刺天空的长矛”，还有一为“天山掉下来的石头”。第二个名字来源于《格萨尔王传》中的“门岭一战”，在这段中将南迦巴瓦峰描绘成状若“长矛直刺苍穹”。

桃花沟：位于西藏自治区林芝地区林芝县。桃花沟景区多奇峰异石、清泉涧溪，以雄伟和神奇著称。主要景点有飞来石、桃花潭、令牌石、摞摞石、面壁石佛、三炷香等。普渡峡景区峡天一线，峰回溪转，崖洞神幽。主要景

<<<
长头

点有燕子洞、三星崖、月亮崖、金童玉女峰、翰墨飘香、梦笔生花以及佛教圣地观音山的古建筑群等。每年 5 月，沟内桃花盛开，是摄影的最佳时节。

也许是因为季节不对的原因，叶子没黄，又在下雨。鲁朗林海没有想象的惊艳。但想着马上就要告别这大片云杉林心情仍不免低落。

一言不发地在路上行驶，拐过一个弯，突然见到许多磕长头的藏民。

不得不承认，之前关于西藏仅是一份向往，但在这一瞬间，我被彻底震撼。

想必，他们从家里出来已经很长时间，这一路，我看到的每个磕长头的人们，额头顶着大包，手掌磨出厚茧，膝盖的裤子也早磨得破烂不堪。他们就这样一步步朝着心目中的圣殿布达拉宫前行，风餐露宿，无怨无悔。

磕长头的人越来越多，征得他们的同意，停车拍照，向他们问好，大声说着“扎西德勒”。他们露出纯朴的笑容，也回赠“扎西德勒”的祝福。在藏区，面对这些纯朴的人们，即使你不懂藏语，一个微笑足矣，一句“扎西德勒”可以走天下。

总是为这些人而震撼，怎样的一种信仰，才能产生这样的坚持和力量？

路过磕长头的人们时，我都会减速，生怕扬起的尘土和滚滚的车轮影响了他们朝圣的足迹。

他们有的会做出喝水的手势，有的涨红了脸不好意思地问有没有吃的。每每此时，C 总是热情地递上矿泉水和巧克力。

“他们比我们更需要这些。”C 说。

“当然。”我说。。

“那一天，
我闭目在经殿的香雾中，
蓦然听见你诵经中的真言；
那一月，
我摇动所有的经筒，

不为超度，

只为触摸你的指尖；

那一年，

磕长头匍匐在山路，

不为觐见，

只为贴着你的温暖；

那一世，

转山转水转佛塔，

不为修来世，

只为途中与你相见。”

（摘自《见与不见》）

听说在林芝可看南迦巴瓦峰，让我十分向往。即使西藏雪峰众多，南迦巴瓦仍是不可忽略的一座，被誉为“直指天空的长矛”，这把长矛高达 7782 米，在世界高山中稳坐第 15 把交椅。

关于南迦巴瓦峰，当地流传着这样一个故事：“很久以前，上天派南迦巴瓦和加拉白垒驻守东南。弟弟加拉白垒勤奋好学武功高强，个子也越长越高。哥哥南迦巴瓦十分嫉妒，于是在一个月黑风高之夜将弟弟杀害，将他的头颅丢到了米林县境内，化成了德拉山。上天为惩罚南迦巴瓦的罪过，于是罚他永远驻守雅鲁藏布江边，永远陪伴着被他杀害的弟弟。”

天气好的时候，可以看到加拉白垒峰顶是圆圆的形状，像座无头山。而南迦巴瓦自知罪孽深重，所以常年以云雾遮罩，羞于露出本来面目。

开车到了山顶，远处一座高高尖耸的山峰清晰可见。我开心得手舞足蹈，得意地在山顶上跳起了秧歌。

C 乐：“瞧你这劲儿。不知道的还以为你抽风呢！”

我扬起头，一挑眉毛：“人品好啊，没办法。”

他笑得面部抽搐起来，我愈发得意，凑到他面前，拍拍他的肩：“怎么样？跟着天姐，一路不愁，还有美景在后头！”

话音没落，头上已经挨了一记闷拳。

路边停下来一辆藏 A 的车，从车上下来三个姑娘。姑娘们见我俨然一幅老江湖架势正在猛拍对面的山峰，于是问我：

“哪儿是南迦巴瓦啊？”

我抬手指了指近处一座尖尖的山峰，说：“就是那里。”然后又说：“它全年365天有300天都躲在云层，我们今天人品大爆棚了。”

MM点点头，各自摆起Pose拍照，一时间整个山顶只听见咔嚓的快门声。一姑娘又摇摇头，说：“不对啊，南迦巴瓦不是常年积雪不化的吗？”

“介个，介个……”我挠挠头，看着对面绿盎然的山峰无解。

正当我纳闷之时，开车的本地师傅下车来，重重关上大门，瞪我一眼，没好气地说：“谁说这是南迦巴瓦，认识不？不懂就不要乱说！”

然后手指着远处在一团浓雾中的只看到一点影子的山峰：“那才是！”

啊！

——巴河镇（79km），G318国道，约1.5小时（巴松措）

——工布江达县（49km），G318国道，约1小时（中流

砥柱）

——墨竹工卡县（204km），G318 国道，约 3.5 小时（松赞干布故里）

（翻越米拉山海拔 4900M）

——拉萨市（70km），G318 国道，约 1.5 小时。

路况播报

八一至拉萨开始进入限速路段，白天需行车 8 小时。晚上 7：30 后不限速。路非常好。

景点推荐

米拉山：海拔 5020 米的米拉山，这里天更蓝，云更白，氧气也更稀薄，这是拉萨与林芝地区的分界山口。米拉山因其高大雄奇而成为此地藏民心目中的神山，山口上飘荡着许多祭山的经幡和印有经文的风马旗。

巴松措：巴松措风景区位于工布江达东北部错高乡，

夏季湖面海拔3472米，距县城83公里。巴松措是西藏东部最大的淡水堰塞湖之一；巴松措湖面平均海拔3465米，呈新月状，全长15公里，宽3公里，总面积37.5平方公里，湖水平均深度60米以上；湖四周有多条成辐射状分布、常年流水的河流，保持了湖水水位的稳定，湖水冬季不结冰，湖区四季鲜明，湖水因周遭景致的变化而呈现不同的色泽。巴松措生态旅游区原始森林茂密，森林层次分明，林木类型多样，森林覆盖率达80%以上。旅游区内动物种类繁多，目前已知的野生动物有63种，其中被国家列为重点保护动物的有狗熊、白唇鹿、水貂、黑颈鹤、岩羊、黄鸭等珍稀野生动物，为游览者观赏整个大自然的生物多样性奇观提供了良好的条件。巴松措湖心岛，上有西藏宁玛派古寺措宗寺，至今已有600多年历史，“措宗”是湖中城堡的意思。据《措宗圣迹指路明灯》介绍：“藏东工布地区的三岩之地，为天竺僧人莲花生大师在公元8世纪开辟，是佛教教密宗事部文殊菩萨、金刚手、观世音迦持过的圣地，是昔日格萨尔王降魔的地方和三岩空行母云集之宫。”古老的传说使三岩之湖巴松措闻名遐迩。

巨柏林：有“世界巨柏王”之称的巨柏林，位于雅鲁藏布江和尼洋河下游海拔3000~3400米的沿江河谷里。在巴结乡境内的巨柏自然保护区，散布生长着数百棵千年古柏，塔形的树冠以及挺拔的树干十分惹眼，这即是西藏特有的古树——巨柏（亦称为雅鲁藏布江柏木）。巴结乡境内的巨柏自然保护区，树木分布集中，生长较好，是一片较完整的巨柏林。这些古柏平均高度约为44米，胸径为158厘米。在古柏林中央有一株十几人都不能环抱的巨柏，它高达50多米，直径近6米，树冠投影面积达一亩有余。经测算，这株巨柏的年龄已有2000~2500年之久，被当地人以“神树”之尊加以保护。林芝县古柏林在当地藏族群众心目中是圣地，传说苯教开山祖师辛饶米保的生命树即是古柏，所以林中那些最大最古老的树身上总是缠挂着风马，树林中还到处是嘛呢堆，常有信徒远道前来朝拜。

中流砥柱：位于川藏路上的尼洋河中游，山高沟深，河流湍急，为尼洋河第一大峡谷，一巨石兀然立于江中，背靠神佛山。相传这块巨石是工布地区的守护神工尊德姆修炼时的座椅。两江汇流处，有一巨石突起在江心，高有百尺左右，能够起到中流砥柱之作用，挽狂澜于将倒之时，唯有这块巨石可以当之无愧。明朝的参议蔡潮在这块巨石上建了一个亭子，取名为“跨鳌”亭，并在上面题了“砥柱中流”四个字。铜岩跨鳌亭始建于明正德年间。康熙四十九年，郡伯苏稷新建上下两亭，易名小金山，并在崖间题有“双亭荡云海，一柱砥风涛”之句。

抵达林芝已是傍晚。在加油站加油时，我犹豫着，是继续前行，还是在林芝休整一晚。

C说：“你不看桃花沟了？”

我摇摇头：“林芝的桃花开在3月，现在已是6月，桃花开过了。”

他又说：“你不看巨柏林和巴松措了？”

我再摇头：“刚查了天气预报，这几天都下雨，不能拍照，不想去看。林芝有机场，以后有机会再来。”

他笑：“这就是摄影者的悲哀，一遇到坏天气便颓了。还是像我这种不摄影的好哇。”

我撇嘴：“你以为一边开车一边留意可以拍照的好风景是件容易的事么？要是你车技好，我就轻松了。”

他知道我的脾气，急起来就不是人。赶紧收声不再洗涮我。

“怎么样？走吧？”车已经加满油，我对C说。

他点点头，突然想到了什么：“你不去找2012登船点了？”

我的眼里闪过一丝亮光，接着还是摇摇头：“人生在世，生死各有天命。不去了。”

意见统一。于是我们向着拉萨，向着布达拉，继续前行。

林芝距离拉萨还有400来公里。高原的月色消失得很晚，直到九点过才隐去了光芒。

月色渐褪，天地陷入一片漆黑中，只能用微弱的车灯照亮前方的路。奔走在五千米的高山上，四周荒无人烟，我开始害怕起来。怕路上会出现野兽，怕遇到有人抢劫，怕的实在太多。每每遇到会车或后面有车跟近，我的脑海中就会跳出几个蒙面大汗拦车抢劫的画面。

担心之中，我问 C：

“如果我们遇到抢劫怎么办？”

“要真是那样，就给他。人最重要，其他都是身外物。”C 语气笃定。

“可我舍不得我的相机。”我嘬嘴道。

“你这丫头！你早晚抱着相机入土为安吧。”C 笑骂道。

“要是真有人抢我的相机，我就和他拼命。用车撞他！用铁棍戳他！用开水烫他！”我不服气地叫嚷。

“敢问铁棍在哪？开水在哪？你这细皮嫩肉，别人一胳膊就抡平你了。”C 又好气又好笑。

我挤出一个重重的“哼”声，不再吱声。

又开了一阵，C 自言自语道：“我想撒尿。”

我笑：“天苍苍，野茫茫，风吹草低现便房。”

C 用手使劲戳我脑门：“女孩子家家，哪来那么多段子？”

我再笑：“那你到底是尿还是不尿？”

他想了想，憋了憋气，说：“不尿。万一有狼划不着，忍着。等加油站再说。”

我大笑起来，吹起了悠长的口哨。

嘘——嘘——

继续行驶在漆黑的路上，时间越来越晚，车速也渐渐慢下来。从早上六点到现在，已经开了 20 个小时，加上为了赶路节省时间，我和 C 全天只吃了几片饼干喝了一瓶水，真是又饿又困。

此时，觉得自己在某些时候，真是非常任性。想起大师兄在临行前反复告诫“不要开夜路，切记切记”的话语，心中一阵惭愧。大师兄，对不起，没听你的话。若今晚，能平安到拉萨，之后的行程，我再不会开夜路。

六月十五日~六月十六日

行程：拉萨两日游

景点推荐

布达拉宫：始建于7世纪松赞干布时期。17世纪五世达赖喇嘛时期重建后，成为历代达赖喇嘛的住息地和政教合一的中心。主体建筑分白宫和红宫，主楼13层，高115.7米，由寝宫、佛殿、灵塔殿、僧舍等组成。布达拉宫是历世达赖喇嘛的冬宫，从五世达赖喇嘛起，重大的宗教、政治仪式均在此举行，同时又是供奉历世达赖喇嘛灵塔的地方。

白宫横贯两翼，为达赖喇嘛生活起居地，有各种殿堂长廊，摆设精美，布置华丽，墙上绘有与佛教有关的绘画，多出自名家之手。红宫居中，供奉佛像、松赞干布像、文成公主和尼泊尔尺尊公主像数千尊，以及历代达赖喇嘛灵塔，黄金珍宝嵌于间，配以彩色壁画，辉煌金碧。整个建筑群占地10余万平方米，房屋数千间，布局严谨，错落有致，体现了西藏建筑工匠高超技艺。每逢节日活动，宫门挤满信仰藏传佛教各民族佛教徒，成为著名佛教圣地。1990 年 8 月后重修。

色拉寺：色拉寺全称为“色拉大乘洲”，位于布达拉宫北面 3 公里的色拉乌孜山脚。“色拉”在藏语里是野玫瑰的意思。传说山下修寺时这里长满了野玫瑰，色拉寺因此得名。寺内藏有大量的珍贵文物和工艺品，如释迦益西从北京返藏时带回的皇帝御赐的佛经、佛像、法器、僧衣、绮帛、金银器等。其中释迦益西的彩色丝像，长 109cm，宽 64cm，虽经 500 余年，但色彩仍很鲜艳。藏在措钦大殿的 200 余函《甘珠尔》、《丹珠尔》经书全用金汁抄写，十分珍贵。

凌晨 1 点半抵达拉萨，有了然乌湖的经历，C 不再坚持“穷家富路”。我们随便找了个宾馆住下。纷纷顾不上洗漱倒头就睡。

第二天清晨，久违的阳光从窗帘缝隙照了进来。我揉揉惺忪睡眼，爬起来打开窗，兴奋地跳起来。窗外，就是布达拉。

到了陌生城市，没有 GPS 就找不到路，只好打车。

“到饭店多少钱？”“10 元。”

“到布达拉多少钱？”“10 元。”

“到大昭寺多少钱？”“10 元。”

拉萨的出租车收费都是上车 10 元，不打表。这是因为，拉萨市区，其实比我们想象中要小很多。

坐上出租车去布达拉。就在我们坐上车的同时，不知从哪里又冒出一个人，大摇大摆地钻进车里。司机解释是“打组合”。后来才知道，拉萨的出租车，一般都要打组合，这样才能赚到钱。

车子一路疾驰，司机不停地按喇叭。车前突然冒出行人和牛，司机也不紧急刹车，反而喇叭按得更凶。按他们的说法是：“如果踩刹车等他们通过的话，会等到天黑。”

出租车司机告诉我们，布达拉宫的门票需要预售证。每天发放 2300 张。发完之后次日再来领。

预售证上面印着参观的时间，游客必须在指定时间前到达布达拉宫检票。发预售证的工作人员好心地提醒我们，要提前半小时过安检，否则便不允许进入。因为正门在布宫的半山坡上，在高原，大多数人只能慢慢往上走，而走到那个位置，通常需要半小时时间。

我们去的时候还不是旺季，

听说布达拉不准照相，我把相机留在了宾馆。

过完安检，看到其他游客脖子上挂着相机。我回过头问安检处的工作人员："相机能带啊？"

他笑着看我："能啊。"

我的脑袋轰地一声巨响，急了："不是说布宫不准拍照么？"

他耐心地解释："那是布宫的殿内不准拍，要保护文物古迹。殿外都是可以拍的。"

我跳起来："那怎么办？我没带相机啊！"

他拿过我的票看了看，问我："住的地方离这儿远不远？"

我看看C，C说："不远，来回十多分钟。"

工作人员一听，把票递还给我，手一挥："回去拿吧。给你延长10分钟。"

话音刚落，C已经飞快地跑出了安检处回住地帮我取相机。我连连向好心的工作人员道谢，这才注意到，这个黑瘦的工作人员，长得还蛮帅的。

走出安检处，坐在门外的大石头上焦急地等待C和我的相机。走过来几个东北口音的中年男子，要在布达拉门口合影。

我压下焦躁的情绪，挪动屁股，在旁边的石阶上坐下。

又走过来一位学生模样的男生在我旁边坐下，和我搭话："你一个人啊？从哪来啊？"

没有相机，坏情绪满身乱窜，我简短地回答："俩人来的。重庆。"

"那你朋友呢？"他继续问。

"回去帮我取相机了。"

"哦。"他答应了一声，又说："你也是放暑假出来玩啊？"

要是换在平时，已过芳龄三十的我听到这句话，定会乐得在广场上走起正步来。但此时，我实在是没有那个兴致。

正在这时，C已取回相机火速赶到，我冲小男生挥挥手，拉着C飞跑到安检处。

<<<
日照布达拉

还是那个工作人员，见是我们，直接摆手说："刚检查过了，不用再检查了。你们赶紧上去，还来得及。"

一路小跑地冲到正门前，检完票，有点喘气，我们坐在地上休息了片刻，便开始进入布达拉宫。由山脚无字石碑起，经曲折石铺斜坡路，直至绘有四大金刚巨幅壁画的东大门，并由此通过厚达 4 米的宫墙隧道进入大殿。

在半山腰上，有一处约 1600 平方米的平台，这是历代达赖观赏歌舞的场所，名为"德阳厦"。由此扶梯而上经达松格廓廊道，便到了白宫最大的宫殿东大殿。有史料记载，自 1653 年清朝顺治皇帝以金册金印敕封五世达赖起，达赖转世都必须得到中央政府正式册封，并由驻藏大臣为其主持坐床、亲政等仪式。此处就是历代达赖兴行坐床、亲政大典等重大宗教、政治活动的场所。

门票只是参观的价格，如需导游，则另行收费。我持续发扬着勤俭节约的优良美德，捣鼓着 C 和我一起跟着人流蹭导游。这免费的毕竟比不上花了银子的，导游的声音不大，旁听的我们要借助风力努力分辨声音来的方向。蹭了一会儿，听得时断时续，甚是无趣，便不再磨蹭地自己逛了起来。见到另一游客在胸前挂了个单反，镜头盖摘下来趁保安不注意随时在按快门。

C 疑惑地问我："这样拍得清楚吗？"

我说："这叫盲拍。运气好，能蒙到一两张。"

说时，不禁心痒，于是抓起相机，对准佛像按下了快门。此时前一波拥挤的人潮刚好散去，殿内只剩下我们俩。没想到按快门的声音在安静的殿堂里格外分明，保安哥哥从旁边冲出，我一下子吓呆了，心想，完了完了，底片有可能全都保不住了。

也许因为拍照是个力气活，摄影师也大多是男人，保安哥哥听到了声音，却弄错了目标，将矛头直指 C，要他交出手机和卡片机检查。C 冲我递了个眼色，慢吞吞地摸着手机接受检查。我则赶紧开溜至下一佛殿。5 分钟后，与 C 会合，之后，我们老老实实地参观，再不敢有动相机的念头。

后来才知道，不准拍照是因为过多的闪光灯会使文物的颜色逐渐消失。虽然我并没有开闪光灯，但在这圣域的布宫内，没有经过允许的拍照，其实并不是件光彩和道德的事。

我的脑海中浮现出影片《造雨人》中最后的那段话：“每个律师，至少会有那么一次，尝试跨越他从来未曾想到过的界限，然而，当这种跨越不断出现的时候，那道界限就此消失了，而你也就成了那个群体中的一员，无异于脏水中的鲨鱼。”

其实摄影对于我，也是如此。我对自己说：“哪怕只有一次，尝试着跨越从未曾想到过的界限。就有可能，会有第二次、第三次、第N次。摄影于我，只是满足自己行走需求的爱好，不要让自己成为脏水中的鲨鱼，永远不要为了摄影而摄影，永远不要为了摄影而越线。”

大昭寺：藏族人民有一个“先有大昭寺，后有拉萨城”的说法，大昭寺在拉萨市具有中心地位，不仅是地理位置上的，也是社会生活层面的。环大昭寺内中心的释迦牟尼佛殿一圈称为“囊廓”，环大昭寺外墙一圈称为“八廓”，大昭寺外辐射出的街道叫“八廓街”。以大昭寺为中心，将布达拉宫、药王山、小昭寺包括进来的一大圈称为“林廓”。这从内到外的三个环型，便是藏民们行转经仪式的路线。从大昭寺金顶俯瞰大昭寺广场，右边远处山上是布达拉宫，近处的柳树是“公主柳”，相传是文成公主所栽。大昭寺的布局方位与汉地佛教的寺院不同，其主殿是坐东面西的。主殿高四层，两侧列有配殿，布局结构上再现了佛教中曼陀罗坛城的宇宙理想模式。寺院内的佛殿主要有释迦牟尼殿、宗喀巴大师殿、松赞干布殿、班旦拉姆殿（格鲁派的护法神）、神羊热姆杰姆殿、藏王殿等。寺内各种木雕、壁画精美绝伦，空气中弥漫着酥油香气，藏民们神情虔诚地参拜转经。

小昭寺：小昭寺位于大昭寺北面约500米处，通常与大昭寺连称“拉萨二昭”而驰名于世。小昭寺始建于唐代，与大昭寺同期建成，7世纪中叶由文成公主督饬藏汉族工匠建造。寺内供奉的释迦牟尼佛为佛陀12岁时之等身像，是文成公主由长安携带进藏，成为西藏最珍贵的历史文物，后移至大昭寺，又将公主携带的另一个尊佛移至小昭寺。小昭寺又名上密院，藏语叫“居堆巴扎仓”，属藏传佛教格鲁派密宗最高学府之一。占地面积约4000平方米。其前部为庭院，后部是神殿及其门楼、转经回廊等附属设施。门楼高三层：底层为宽敞的明廊。明廊有10根大柱（直径0.8米），皆为十六棱形。柱身有5条铜箍，铜箍面上透雕花瓣。柱一上半部雕有繁缛的花草纹，柱头上浮雕宝珠、“回”字纹、花瓣及连续的“六字真言”。前4排大柱的柱栱上浮雕海水云龙纹。明廊后部墙壁上绘有四大金刚和六道轮回图上部；大轮分成3层，圆心画蛇、鸠、猪等，内轮分为6格，即六道，最外层又有12个画面，称“十十缘起支”（即无明、行、识、名色、六处、触、受、爱、取、有、生、老死）、极乐世界图等壁画；门楼二、三层是僧房和经堂等。穿过门楼即是绕神殿一周的转经回廊。回廊南、西、北三面原竖有木制嘛呢轮，廊壁上也遍绘无量寿佛、白度母等壁画。据史料记载：小昭寺早期建筑几度遭受火灾又几经修复，原建筑早已不存。现在的殿堂已是后来建的。

前往大昭寺，朋友海飘热情地在电话里引见了主管尼玛次仁，他把我们带进了寺庙，免收了昂贵的门票。

>>>
大昭寺前的笑颜

大昭寺的殿内并没有想象中的金碧辉煌，寺庙不大，不要一柱香的时间便参观完毕。我们回到大昭寺门口，看着那些长年累月络绎不绝磕长头的人们。

旅行者像是挖到宝似的盯着这些磕长头的藏民，一点儿都不在意地对着他们拍照。我也是其中之一。一个小和尚冲我的镜头露出了害羞的笑容；两个可爱的小学生，笑得那般天真；一群藏族女人一边聊天一边朝我挥手；一对年迈的藏族夫妇正互相搀扶着走过了我的镜头。

“无论如何，死前一定要去一趟拉萨”或“死也要死在拉萨”是纯朴藏民们的最大心愿。

因此，“拉萨”的真正意义，毫无疑问就是圣地。

对我来说，要理解宗教的价值观，其实有些困难。瞧瞧“在布达拉和大昭寺朝佛的景观”以及欣赏沿途的风景，也许是我来拉萨的真实想法。如果能再拍到些自以为得意的照片，就更是心满意足。这样的理由，对于“死前想要去一趟……”的人来说，是蛮抱歉的一件事。

对藏区的人来说，他们大多从家中出发，历时几个月甚至一两年，一路磕长头磕到布达拉，磕到大昭寺，在大昭寺磕下十万个等身长头，然后回家，或者继续朝佛。这段旅程可说是难以想象。盘缠不多，风餐露宿，就这样一步步走向心中的圣地。他们的内心，该有怎样的信仰和坚持？

我默默卸下了相机，走进磕头的人群，在大昭寺门前，磕下三个等身长头。

大昭寺内，堆满了随处可见的嘛呢石。嘛呢石代表着，比石头更坚定的信仰。经常可以见到的一个场景，便是高远的蓝天白云之下，人们一边往嘛呢墙上添加石头，一边默诵经词，添好了石头之后，虔诚地、小心翼翼地用额头轻轻地碰触它。

正像“世上本没有路，走的人多了，便就成了路”一样，草原上本没有嘛呢堆，添加的人多了，这些石头由少到多，由低到高，在经过漫长的时光之后，一座座嘛呢堆拔地而起，越垒越高。

每颗石子都凝结了信徒们发自内心的祈愿，凡人迹所至，随处可见。

它是刻在石头上的追求、理想、感情和希望。

它以石头的方式暗示我们：信仰和怀念的力量如此强大。

只有它，才能抵挡那所向披靡的似水流年。

一闭眼，万水千山，一睁眼，沧海桑田。

餐饮：人们来到高原，往往对藏餐的理解是糌粑、酥油茶、风干肉等。随着交通运输的便利，藏族百姓人家也越来越多可以吃到新鲜的蔬菜和其他种类繁多的食物。在拉萨，你可以看到川菜在大街小巷蔓延，不过来西藏旅行的人，更多的是想品尝到真正地道的藏餐。藏餐以牛羊肉为主，不同的部位吃法不同，即使同一部位也能变化出不同的花样。藏餐的特点是肉类加工尽量保持其原味。手抓牦牛肉、炸羊排、生牦牛肉酱、烤羊头都是藏餐中的头牌美食。

光明甜茶馆：如果你喝不惯酥油茶，可以选择甜茶。味道有点像内地的奶茶。布达拉宫附近的街巷中到处遍布着藏式茶馆和包子铺。刚到高原来的人最好每天饮用几杯甜茶或酥油茶，它可以滋润嘴唇以防干裂。光明甜茶馆是拉萨最有名气的甜茶馆，甜茶1元/杯，服务员穿梭在茶客之间不时给人们添着茶水。

藏包子铺：拉萨有不少藏包子铺。第一次吃藏包子，还以为服务员上错了菜。它的外形让人想起了我们常吃的饺子。其实藏包子的外形和做法跟饺子是一样的，烹制方法上更像是蒸饺。藏包子以牛肉馅为主，加入西藏特有的小芹菜后在蒸锅上蒸15分钟左右，即可食用。一般小店中的藏包子价格便宜，大概0.3～0.5元/个，稍有些档次的餐厅藏包子的价格为14～18元/份，每份约有10个包子。

藏家宴餐厅：如果想品尝真正传统的藏餐，藏家宴是不错的选择。它是一个家庭式的餐厅，坐落于住宅楼里，不太好找。院子里有一棵大大的丁香树，每当拉萨春天花开的时候，花香四溢。这里的藏式手抓羊排、藏式海鲜火锅、蒸血肠、藏式窝窝头都是不错的菜品。只是价格略嫌贵了些。

太阳部落餐厅：八廓街内的太阳部落餐厅也是不错的藏餐厅。这家餐厅的客人以藏族人为主，旅行者知道的较少。

餐厅内提供饮料、小吃和主菜。推荐藏式小吃推嘎、推那、酸奶人参果、虫草牛排、高原土豆泥、牛肉粥。

情调餐厅：小资情调的馆子当属大昭寺广场上的“玛吉阿米”和YAK边上的“拉旦厨房”。“玛吉阿米”的餐桌上被旅行者写满了各类留言，很多旅行者在这里留下了自己的故事。

酸奶坊：布达拉宫售票处旁的酸奶坊是个人特别喜欢的休闲聊天之地。小店的口号是“只卖酸奶和温馨”。在这里，你能品尝到别处尝不到的酸奶口味，奶香浓郁，在被一些国产酸奶坏了胃口以后，尝尝这种，原始的味道一定能感染你。老板是热情好客的北京人，停留一会儿，也许你能找到久违的回家的感觉。

晚饭时间，C问我：“你吃过藏餐吗?”

“当然吃过。”

“吃过什么?”C继续追问

“酥油茶、冰冻的牦牛肉，还有糌巴。”我如数家珍。

<<<
藏餐

“哈哈，”C笑，“这不是藏餐。真正的藏餐是藏族贵族吃的，也是用煎、炸、煮、炒的方法来烹调，非常美味！”

“你怎么知道？”我不信。

“书上说的。”C语气坚定。

要知道，我是一个听不得哪里有好吃东西的人。在朋友圈里，我是出了名的吃货，只要打听到那些大街小巷里的特色美食，我总要迫不及待地飞奔而去。

“那我们去吃吧。”我的一只脚已经迈出了门。

上了出租车，对司机说：“带我们去好味道的藏餐厅吧。”

他却一脸没好气：“什么，你们要吃藏餐，怎么会想吃那些东西？”

C尴尬地看了我一眼。

我连忙安慰C：“这个司机是东北人，吃不惯藏餐。”

在司机带到的藏餐厅坐下，点了藏式血肠、烧烤羊肉、牛肉包子、炒白菜四道菜。

一般来说，评价一道菜是否美味，要从色、香、味着手。

>>>
酸奶坊的酸奶

而这几道菜，无论哪一方面，都无可圈点之处。

C 感叹："谁让我们生活在川菜之都呢。吃惯了川菜，其他地方的菜式，确实没得比。"

我却以为，很多东西，都要去尝试一下。不试，你永远不知道是什么滋味。

每到一个地方，我总会去品尝一下当地居民吃的东西，不论是极富野趣的特色风味，或是难以入口的特殊食物，我都会吃得很满意。

虽然我对食物的种种有强烈兴趣，但可以接受的味道范围很大，标准不定，什么都觉得好吃，这绝对不是美食家，只是名副其实的吃货而已。

晚上拍完布宫夜景后，去朋友海飘强烈推荐的布宫售票处旁"酸奶坊"小坐。

老板名叫高文，五官的轮廓线条硬朗，皮肤已被多年的西藏生活晒成了和藏民一样的黑红色，长头发在脑后扎成一个小辫，标准的纯爷们儿模样。

<<<
酸奶坊照片墙

已是晚上十点，店内仍坐满了顾客。高文正在忙着给客人拍照，不好意思地让我们先坐坐，等他忙完再来招呼我们。

C 去前台点餐，我开始打量着墙上的照片，满满一大墙，全是来这里的客人照片，照片里的人都笑得如花般灿烂。

C 吞下了大大一盘炸酱面，我则在招牌酸奶的口感中无法自拔。

待我们享用完毕，高文也送走了其他客人，和我们开始聊天。

聊天得知，2006 年，他和大多数人一样，怀着对西藏的向往来到了拉萨。行走一圈之后，当他再回到繁华城市开始朝九晚五上班打卡的生活，发现自己已经不能适应都市的浮燥。2007 年他辞去深圳大公司的高薪工作，背上背包，在拉萨布达拉宫旁租到这个门面，开了这家小店，从此开始了他“只卖温馨和快乐”的另一种生活。这次旅行也成了彻底改变他人生轨迹的一次行程。

我崇拜地看他：“真是羡慕你这样的生活。”

他微笑地看我：“你也可以的。”

我无奈的看看 C，叹口气：“唉，还在为生活奔波。要工作，要赚钱，太多事情放不下。”

高文摇摇头：“其实放不放得下，是取决于你想不想放下。”

我若有所思地点了点头。

C 看看我，说：“你舍得你的名牌包包和高薪的工作？”

我叹：“也许，终有那么一天吧。”

C 并未把我的话当真，继续说：“真要这种生活，你肯定过不惯，我们都是离不开城市的人。”

我没有接话，气氛一时间有点尴尬。高文岔开话题，问我们接下来要去哪里。

我告诉他，时间不够，接下来去过羊湖和日喀则就往回走了。

他诧异：“到了西藏，不去珠峰就回撤？”

我摊了摊手：“时间不够了，还得赶回去上班。”

他开始放毒：“从日喀则到珠峰来回只要两天。不去珠峰，怎能算到过西藏？如果有时间，可以再往尼泊尔边境开。沿途一带的风光，因为海拔高度的下降，会出现和这边完全不

<<<
高文照片

同的景色，许多大小海子，大片绿树成荫，无数飞流瀑布。尼泊尔边境有个叫樟木的小镇，我有朋友在那边开了家旅舍。你们要去的话可以住她那里。”

我被他的话击中要害，来了兴致，问：“樟木美吗？”

他大笑：“当然美，而且那边有个樟木口岸，是两地边境的人货物交易的集散地。在那里能看到藏族人、尼泊尔人、印度人。怎么说呢，反正我很喜欢那里。能拍出不少好片子。你不是也喜欢摄影么？真该去那里看一看。”

我已经缴械投降，拉拉 C 的衣袖：“我们去吧！”

C 皱眉道：“工作怎么办？”

我跳到板凳上，一手高举过头顶，拉长声音蹦出四个字：“请～霸～王～假！”

高文看着我，笑着点点头。看着他脸上的笑容，了解了他的生活，我突然明白了，生活不一定非得按照所谓的标准去走，过自己想过的生活，尊重自己的内心。正如高文所说的那句，人生，最大的利润其实只是快乐。

打烊前，拿起相机，弱弱地问高哥：“可以拍照吗？”

"请你回头看。"

一回头，看到墙上写着如下几个大字："本店严禁不拍照。"

龙王潭：龙王潭（藏语日鲁康）是拉萨著名的园林建筑之一。园林中心有一面积较大的潭水，传说仓央嘉措曾从墨竹工卡迎请墨竹赛钦和八龙供奉于北潭水中，所以称龙王潭。龙王潭初建于6世达赖仓央嘉措时期，但其中潭水坑形成的却较早，至五世达赖罗桑嘉措时期修建布达拉白宫和第巴桑结嘉措所筑布达拉红宫及经房僧舍时，从山脚大量取土而形成大水潭。

龙王潭位于布达拉山后，园林绕布达拉的山势灵活布局，筑起不十分规整的多边形围墙，园林东西长610米，南北最宽处303米，最窄处20.5米。东南各开有一大门。入南大门，迎面左右两侧各有一座碑亭，碑为石质，碑由碑首、碑身、碑座三部分组成。右侧《御制平定西藏碑》，碑首为双龙戏珠，高1米，宽1.13米，厚0.42米；碑身高1.84米，宽1.05米，厚0.35米。碑座为三台方座，高

0.9米，通高3.74米。碑上刻有藏汉满三种文字，碑文记载了清康熙六十年（公元1721年）平定蒙古准噶尔部侵扰西藏的历史。左侧《御制十全记碑》，碑首亦为双龙戏珠，高1.34米，宽1.44米，厚0.46米；碑身高2.07米，宽1.32米，厚0.38米；碑座为龟座，高0.81米，通高4.22米。碑文记载了清乾隆五十七年（公元1792年）清兵驱逐廓尔喀侵略军出境的历史。园中部有一潭水，东西长270米，南北宽约112米，呈长方形状。潭水中有一孤岛，不规则圆形，直径约42米。连接潭水间小岛和陆地的是一座五孔石拱桥，桥长24.26米，宽3.5米，岛上及潭水四周则林木茂盛，一派葱绿。潭水中心的岛上建有楼阁，是按照佛教仪轨中坛城的楼式建造起来的。楼阁三层，坐北朝南。第一层平面是全对称十字形布局结构，其中心为回楼大殿，四周各配有小殿，小殿之外则是一周回廊。第二层和第三层建筑结构相同，面积3700平方米，内四周明柱的佛堂，佛堂四周亦有一周沿廊。顶层为六角形圆木结构建筑，顶四檐端伸入长木上各套有一个铜龙，龙头、象鼻、双角、张口伸舌脖下悬吊铜铃一只，在园林中，每当微风吹来铃声叮咚作响，清脆悦耳。

小贴士

晚上，龙王潭潭水里能倒映出布达拉宫的投影，水天一色，非常漂亮，是喜爱摄影之人不能不去的地方。

晚上用慢速度曝光拍摄，要带上脚架和快门线。

沿着布达拉宫步行回旅馆。经过龙王潭，月色把布达拉的倒影照得清晰可见。赶紧回旅馆取了脚架，在潭边找好位置架好后才发现，竟然忘带快门线。

龙王潭边只剩我们和另一位摄影爱好者在拍照。天色已经很晚了，他应该在这里拍了很久，见他收拾脚架准备收工，我赶紧跑上前，厚着脸皮问："能否借快门线一用?"本是抱着被拒绝的心态试一试，没想到他竟然一口应允。然后热情地帮我上快门线，教我如何使用。

一直觉得，旅行的乐趣就在于此。本来素不相识的两个人，能在异地的旅途中，突然变得很近。

这种感觉，真的很好。

购物：在拉萨购物主要以八廓街为核心，一切与藏文化有关的商品在这里都可以买到。

巴扎童嘎：这家店铺经营与西藏文化旅游密切相关的商品，做工非常细致，但价格不菲。

古修那书屋：在北京中路藏医院路口的一条巷里，门口有明显的标示牌。书店经营的全是和藏文化及旅游相关的书籍。

卓么本唐卡店：八廓街上经营唐卡的商店和画廊不下几十家，这家店的特色之处在于店主是来自青海热贡艺术之乡的著名画师。店中的唐卡绘制得都不错，价格一般也不便宜。便宜的就不是好唐卡，这似乎已成定论。在购买前最好了解一下，也要避免用昂贵的价格买到并不值的唐卡。

夏帽嘎布佛像商店：这是一个传统的尼泊尔手工制作佛像商店。离大昭寺不远，买了佛像就可进去寺里开光，十分方便。

藏刀：藏刀是藏民随身必备之物，既有实用功能还能防身。藏刀也分男女款，男式粗犷，女式秀气。银饰刀鞘是藏刀的工艺所在，刻工越好价格越贵。但只能通过随车携带或邮局寄送，火车、飞机均不能携带刀具。

面具：藏语称面具为巴。一般分为跳神面具、悬挂面具和藏戏面具。跳神面具主要用于寺庙中逢重大节日的跳神仪式上，悬挂面具则主要是各种神的具象。藏戏面具最常见，为蓝面具和白面具，多以藏戏剧情中的人物脸谱为主。

藏毯：藏毯是西藏的传统手工艺品，款式上有地毯、挂毯和卡垫。西藏地毯织法独特，色泽鲜艳，毯面柔软，经久耐用。

住宿：拉萨的住宿条件相比川藏和青藏线上，已经相当完善。从青年旅舍到星级宾馆应有尽有，可以根据自己的需要进行选择。

八郎学宾馆：典型的藏式旅馆，曾入选国外媒体评出的世界十大山地旅馆之一。有普通单人间、普通双人间、普通四人间、藏式标间、中式标间几种房间。普通间是公用卫生间和沐浴室，24 小时供应热水，行李寄存和免费洗衣，还有自行车出租，位于北京东路 74 号。这里是国内外驴友在拉萨的聚集地。

雪域宾馆：位于大昭寺旁的街道上，站在旅馆房顶，可观赏布达拉宫和拉萨全景。各种规格的旅游长途车、出租车、三轮车就在旅馆前的广场内，交通十分便利。这是离大昭寺最近的一个旅馆，如果你喜欢大昭寺，一定不要错过这里。房间也十分干净整洁。只是临近八廓街，白天晚上游客如梭，喜欢清静的人住在这里可能会感觉比较头疼。

东措国际青年旅舍：设有单人间、标间、韩式间、三人间、普通二人间、普通四人间、多人间，以及餐厅、摄影俱乐部、自行车俱乐部、攀岩俱乐部、户外装备俱乐部等。在这里你可以交到爱好兴趣相投的旅伴。设有自助厨房、免费洗衣、网吧、书吧等。位于北京东路 10 号。

平措康桑青年旅舍：属于国际青年旅舍联盟成员，提供24小时公共浴室、行李寄存、自助洗衣、楼顶茶馆等。有多人间和双人间两种住宿标准。出行方便，离布达拉宫、大昭寺、小昭寺都比较近，环境也不错。但自驾车的旅行者会苦于没有地方停车。

林仓精品酒店：林仓——林仁波切的旧居，具有300多年的历史。荣增林仁波切是由十三世达赖喇嘛发现及确认并传授菩萨戒、沙弥戒、比丘具足戒，34岁时被摄政王法王任命为上密院的方丈，63岁时登上第九十七任嘎登赤巴（宗喀巴教法的持有者）宝座。为保护这座宗教圣人曾经的故居，店主人花费大量精力、财力收集了许多藏式古董家具、器物，并邀请了诸多藏族优秀设计师、工匠本着修旧如旧的文物保护原则来设计、施工，现在的林仓，已经被精心保护并恢复到最接近历史原貌。比较有当地的文化特色。地理位置不错，但车不能开进去。一共有九间房，整体装修温馨舒适。位于西藏自治区拉萨市鲁固一巷38号。

六月十七日

行程：拉萨——羊湖——江孜——日喀则（500km），307省道和204省道，约9小时（路非常好，但是限速）

景点推荐

羊卓雍措：简称羊湖，距拉萨不到100公里，与纳木错、玛旁雍措并称西藏三大圣湖，是喜马拉雅山北麓最大的内陆湖泊，湖光山色之美，冠绝藏南。位于西藏山南地区浪卡子县，拉萨市西南70多公里，面积678平方公里，湖面海拔4441米。从拉萨到羊湖需要翻越5030米的岗巴拉山口。羊卓雍措被誉为世界上最美丽的水。羊卓雍措，“羊”，上面；“卓”，牧场；“雍”，碧玉；“措”，湖，连起来就是“上面牧场的碧玉之湖”。这是字面上对羊湖的解释，而羊湖在藏人心目当中被看做是“神女散落的绿松石耳坠”，因为无论你在哪个角度，都不能看到羊卓的全貌。她有三个姐妹，空母错，沉错，巴久错，以及古羊卓雍错。四姐妹在巨大的湖盆中，手足相连，难以割舍，共同组成了让我们肉眼看不到边的圣湖。她的身躯蜿蜒在群山中达一百三十多公里，只有在地图或是高空你才能惊喜地发现她犹如耳坠，镶嵌在山的耳廓之上。不同时刻阳光的照射，她会显现出层次极其丰富的蓝色，如梦如幻。

卡若拉冰川：从羊卓雍措出来后，跨越4330米的斯米拉山口后就来到了卡若拉冰川的冰舌下。冰舌前沿海拔5560米，观看卡若拉冰川的地方海拔约有5400米，在山口北面5600米左右的地带，属宁金抗沙峰冰川向南漂移后形成的悬冰川。卡若拉冰川背靠西藏四大高峰之一的乃钦康桑峰（7191米）南坡，冰川上部为一坡度较缓的冰帽，下部为两个呈悬冰川形式的冰舌。东冰舌长3公里，宽750米，冰舌末端高5233米；西冰舌长4.5公里，宽1.5公里，冰舌末端高5145米。整个冰川面积为9.4平方公里。

巨大的冰川从山顶云雾缥缈处，一直延伸到离公路只有几百米的路边，晶莹幽蓝中，捎来几许凉嗖嗖的感觉。虽然由于常年受公路上灰尘的影响，冰川整体呈黑白分层形态，但冰川上半部在阳光的照耀下，犹如一幅巨型唐卡挂在山壁上，熠熠生辉。

由于先后有电影《红河谷》、《江孜之战》、《云水谣》在此拍摄外景，使得卡若拉冰川的名气非常大，很多旅行者都会在这里观赏冰川的壮观，赞叹大自然的魅力。

在朋友眼中，我是出了名的睡神。我的工作性质决定一周要上六天班，唯一的休息日，总是雷打不动地睡到下午两三点，一天只吃一顿饭。睡觉对于我来说，是件奢侈而享受的事。虽然此次出行，渐渐养成了早起的习惯。不过在拉萨旅馆的清晨两点被接二连三的电话和敲门声吵醒，仍是很痛苦的事。

我揉着惺忪睡眼接起电话："哪位？"

"服务员。你们是不是少交了100元房费？"

起因是这样，前天入住的时候，我一口气交了两天房费，却忘了要小妹开单。账目对不上，自然找到我头上。

"没有，我交了两天。你再查一下。"挂掉电话，打算继续睡觉。

10分钟后，电话再度响起。同样的问题再重复一次。

我起身拔了电话线，继续美梦。

再 10 分钟后，响起砰砰的敲门声，那声音劲道太强，吓得我人都从床上跳起来。一想到吓醒了的瞌睡不知何时才能再睡着，很难得地心情忧郁了起来。

“你的房费没交。”服务员斩钉截铁地说。

“交了。真交了。”被三次叫醒，我已经有点不耐烦。

“但现在少钱了，怎么办?”服务员开始抽泣。

“这样，你先查查。什么事情明早再说好不好。”

关上门，这个觉，却无论如何也睡不着了。好在，想起今天的羊湖之行，尚存一丝安慰。

还好退房时，服务员没再纠缠房费一事，全额退了押金，我们也就顺利地在清早微冷的晨光中开车向羊卓雍措驶去。

晚上没睡好，第二天自然精神不振。好在天气实在太配合，阳光明媚，光影婆娑。羊卓雍措与纳木错和玛旁雍措三足鼎立，被认为是西藏最伟大的三座圣湖。在久远的传说里，羊卓雍措既是龙女的化身，也是女护法神的卓锡地。羊卓雍措的美，不在周遭的雪峰，也不在蓝天和白云，只在湖水本身。

>>>
羊湖

在湖边遇到放牛的藏民，唱着藏歌赶牦牛。

我问他："这牛全是你的啊？"

他笑笑："是啊。"

"有多少头呢？"

"三百多头。"他气定神闲的说

如果以平均每头牛 5000 块计算的话，我在心底拨了拨小算盘，啊！天！没想到这破布粗衣蓬头垢面的放牛人，活脱脱一百万富翁啊！

放羊的藏民提醒正在拍照的我："就在边上拍吧，别下去。会把它们吓跑。"

我点点头，换上 70-200 的长焦，不去惊扰太阳底下正享受午餐的它们。

湖边的野花也开了。湖边的气温非常低，大家都穿着抓绒的冲锋衣，有的甚至套上了厚厚的棉袄。但是藏族的小孩子们只穿着薄薄的毛衣，在湖边玩耍冰冷的湖水。打水漂儿，用手互相泼洒着嬉戏，甚至用冰冷的湖水洗头。

C 说："他们不怕感冒么？"

我笑："他们生在这里，长在这里，早已习惯。不像我们，从城市里暂时逃离，还是很多难以适应。”

湖边的蚊子多得令人发指。每当我走到湖边，便像人肉吸蚊器般招过了大堆蚊虫，不消一秒钟，整个人便被黑云笼罩。

听说，蚊子的叮咬和血液的香味有关。爱吃肉的人，血液中往往含有某种对蚊虫致命的香味，能从远远的地方把蚊虫吸引过来。

但我仍然改不了爱吃这些东西的恶习。水煮肉片、尖椒仔鸡、红烧排骨、土豆牛腩。如果可以，真想每顿都来全荤宴。在重庆和朋友们去环境精致的地方就餐，大家点菜都十分优雅，比如蓝莓山药、清蒸鲈鱼什么的。每每轮到我，我总会冲服务生大手一挥：“来两个火爆肥肠！”

在这一点上，C倒是挺支持，他总说：“人生在世，很多东西生不带来死不带去。唯有吃下肚里，长在身上，谁也拿不掉，抢不走。”

我要吃肉。

江孜沿途风光：江孜藏语意为“胜利顶峰，法王府顶”，位于西藏自治区南部，雅鲁藏布江支流年楚河上游北岸。因年楚河流经这里，历史上人们又称江孜地区为“年”。清代为江孜宗，属前藏噶厦地方政府管辖。

江孜宗山抗英遗址：位于在西藏江孜县城区的宗山上。光绪二十九年（1903年）英军由亚东入侵西藏，沿途遭西藏人民的抵抗。1904年，英军推进到江孜，向宗山猛烈进攻，中国守山军民坚守阵地达3月之久，打退了英军多次进攻，终因弹尽援绝，寡不敌众，宗山失守。1961年中华人民共和国国务院公布此地为全国重点文物保护单位。宗山建筑约建于14世纪初，主要有宗本（县长）办公室、经堂、佛殿及各类仓库等，全部依山势由山腰一直建至山顶。建筑高大宏伟，居高临下，气势壮丽。后来为了抵抗侵略者，守山军民在山坡用大石块砌筑起一圈高5~8米、宽约4米的围墙，并沿墙及前崖修筑了许多炮台，给英军以沉重打击。但在持续的战火中，几乎被侵略者毁为一片废墟。现仅存炮台遗迹、带弹孔的残垣断壁以及东部代本（藏军指挥官）的一处住室。西藏地方政府已对之加以维修保护。

这几天朋友们纷纷发来羡慕的短信。其实，我工作十来年，这是第一次休这么长的假，旅行这么久。就像炎热的夏季迫切地等待着一场暴雨的降临。终于，雨来了。

想起以前跟梅梅说过：“45 岁的时候，我们退休，然后游山玩水。找个小镇住下，想干吗干吗。”

她说：“那中间呢？”

我说：“中间，还得在江湖恩怨中拼杀。”

她笑，我也乐。

我常想，等老得头发都花白了，我还要穿上美美的红裙子，去朝天门跳坝坝舞。从我身旁经过的人，都觉得如沐春风。

到那时候，我希望有你在。可以一起去吃麻婆豆腐泡饭，或是汗流浃背整一顿地道的重庆火锅。因为到那时候，我肯定还爱喝珍珠奶茶。我也仍然爱捧着相机到处晃悠，

那时，风景就在我们的两鬓斑白里。

生活，也在那里。

六月十八日

全天337km，全天行车7.5小时。

日喀则市——定日（237km），G318约4小时（路况非常好）

——珠峰（100km），约3.5小时（土路，深搓衣板路，路况很不好。在定日县城要买好去珠峰的门票。车上司机不买票，乘客一人一票，每人180块。车辆一个轮子100块。在定日县城前10km左右要过边检站，检查去珠峰的边防证）

景点推荐

扎什伦布寺：是中国藏传佛教的格鲁派寺院。位于西藏日喀则的尼色日山下。明正统十二年（1447年）宗喀巴弟子根敦主兴建。后四世班禅罗桑却吉坚赞加以扩建。寺中错钦大殿可容2000人诵经，殿中有释迦牟尼像，两边有根敦主与四世班禅立像。大殿两侧为弥勒殿与度母殿。寺的西侧有大弥勒殿，高30米，甚宏伟。另有历世班禅灵塔殿，藏舍利肉身。寺有四扎仓（经院），教学显密并重。

扎什伦布寺（藏语：bkra-shis lhun-po，英语：Tashilhunpo Monastery），意为“吉祥须弥寺”，全名为“扎什伦

布白吉德钦曲唐结勒南巴杰瓦林”，意为“吉祥须弥聚福殊胜诸方州”。

扎什伦布寺是西藏日喀则地区最大的寺庙，位于日喀则市城西的尼玛山东面山坡上。扎什伦布寺为四世之后历代班禅驻锡之地。它与拉萨的“三大寺”甘丹寺、色拉寺、哲蚌寺合称藏传佛教格鲁派的“四大寺”。四大寺以及青海的塔尔寺和甘肃的拉卜楞寺并列为格鲁派的“六大寺”。扎什伦布寺是全国著名的六大格鲁派寺院之一。

珠穆朗玛峰：珠穆朗玛峰（Qomolangma），简称珠峰，又意译作圣母峰，尼泊尔称为萨加马塔峰，也叫“埃非勒斯峰”（Everest），位于中华人民共和国和尼泊尔交界的喜马拉雅山脉之上，终年积雪。高度8844.43米，为世界第一高峰，中国最美的、最令人震撼的十大名山之一。

珠穆朗玛峰山体呈巨型金字塔状，威武雄壮昂首天外，地形极端险峻，环境非常复杂。雪线高度：北坡为5800～6200米，南坡为5500～6100米。东北山脊、东南山脊和西山山脊中间夹着三大陡壁（北壁、东壁和西南壁），在这些山脊和峭壁之间又分布着548条大陆型冰川，总面积达1457.07平方公里，平均厚度达7260米。冰川的补给主要靠印度洋季风带两大降水带积雪变质形成。冰川上有千姿百态、瑰丽罕见的冰塔林，又有高达数十米的冰陡崖和步步陷阱的明暗冰裂隙，还有险象环生的冰崩雪崩区。

珠峰不仅巍峨宏大，而且气势磅礴。在它周围20公里的范围内，群峰林立，山峦叠嶂。仅海拔7000米以上的高峰就有40多座，较著名的有南面3公里处的“洛子峰”（海拔8463米，世界第四高峰）和海拔7589米的卓穷峰，东南面是马卡鲁峰（海拔8463米，世界第五高峰），北面3公里是海拔7543米的章子峰，西面是努子峰（7855米）和普莫里峰（7145米）。在这些巨峰的外围，还有一些世界一流的高峰遥遥相望：东南方向有世界第三高峰干城嘉峰（海拔8585米，尼泊尔和锡金的界峰）；西面有海拔7998米的格重康峰、8201米的卓奥友峰和8012米的希夏邦马峰。形成了群峰来朝，峰头汹涌的波澜壮阔的场面。

早在几年前，对珠峰已经无尽向往。

因为混迹过驴友圈，身边总会有那么几个热爱登山的朋友。耳濡目染得多了，就对登山有种莫名的情结。以至对珠峰的了解，早不仅止于普通的拍照留念，更成为几个朋友茶余饭后的重要谈资。

我曾弱弱地问过每年都在登山的老周：

“珠峰很难登吗？”

“有钱就不难。最难的地方都打好绳索架好梯子，王石都上去了。”

“需要多少钱？”我继续弱弱地问。

“登山许可证的费用，请向导的费用、背夫的费用、登山装备的费用，中国队约30万元，外国队约60万元。”

“一个队 10 人的话，也就是一个人 3 万元。”我掐指算着。

“我说的是一个人的费用。”

“啊！猫里个咪的，比南极还贵。”

“所以，去登珠峰的，大部分都需要赞助支持。像我们这些普通人，拉不到赞助，登珠峰只能是一个不可实现的梦想。”老周平静地说着，可我从他的语气里，还是听到了一丝不甘。

我也曾翻来覆去地看成功登顶珠峰的青衣的帖子。那篇《活着真好》，记录了珠峰最真实的攀登过程，那些我们无法去看的风景，唯有借着他的眼睛一一讲给我们听。

“我知道，在很多登山者的心中，珠峰登顶的才是英雄，打望珠峰的只是游客。因此，对于只去珠峰大本营的我，根本没什么值得炫耀，更没有什么自我强加的荣誉。从某种意义上来说，去珠峰，更多的，不是为了美景，而是一种信仰。”

他还说：“就像吃饭就是吃饭一样，登山也就是登山，本来没有什么特别崇高的意义，那么，我们更不是英雄，甚至只是一些虚荣心可能比别人更高的普通人而已。但如果能通过我们的登山，发现了美，并宣扬出去，让更多的人感受到大自然的魅力，唤醒更多人的环保意识，从而自觉地去珍惜它们，那么，登山也就有了登山的意义了。”

我当然没有好身体从事这项高强度的运动。虽自恃毫无高反，那些头痛、呼吸困难和胃口不好等毛病从未在我身上出现过，5000 米海拔以上也可以随性奔跑，但我毕竟不是生龙活虎一条龙，最多，只能算是一条虫。

对于珠峰，我只想在大本营看看。已是足够。

出行之前，对珠峰的烂路耳闻不少。三年前大师兄来过，搓衣板路让他回味不已。三年过去了，珠峰的路听说比以前更烂。不登山的我们，往返七八个小时的烂路，只是为了在大本营看它一眼，是否值得？万一，天气不好呢？

就有这样的倒霉蛋，一来一去耗时两天，在大本营，没看到珠峰，只喝了一肚子西北风。下撤之后，一直摇头："珠峰，不来后悔，来了更后悔。"

再加上这一路上 C 都有些高反症状，在雅江已经鼻青面黑，到理塘时嘴巴肿得跟搽了一罐猪油膏似的，珠峰大本营的高海拔，白天也许他还能挺过，晚上含氧量降低，会出现什么状况实在无法估计。

<<<
开往珠峰的烂路

我抬头看天，天空晴朗，但云层有点厚。

我问 C："去不去？天气似乎不太好。"

C 说："不去你不遗憾？"

我说："担心你的高反。"

"驾势，走哟。" C 老师一语定乾坤。

日喀则至定日路况非常好，在定日过边检之后，向左拐上去珠峰的土路，一百公里的烂路马上开始，容不得你有片刻适应，我才真正领会到了什么叫做开车的艰难。

这一百公里烂路，前半段路面到处都是碎石子，不是那种小的圆的石头，这里的碎石子，每一面都是尖锐的棱角，稍不留神，车轮压上去，就有爆胎的可能。对于不会换胎的我和 C，要安全抵达和返回，就必须尽量避开那种像把尖刀的石块，我只能开得非常缓慢。

好不容易翻完山，路边出现三三两两的民居，碎石子也减少了大半，我以为路况相对好了许多，开始把脚放在油箱上提速。哪知车轮一滑，方向一偏，车直勾勾地朝旁边的田地冲去。

我赶紧一脚死死踩向刹车，车停稳时轮胎已压在了田梗上。我身上冒出一阵冷汗。

“怎么回事?”C着急地问我。

“我也不知道。”我停车下去检查路况，才知道，这就是出名的搓衣板路段。泥土简陋铺设的路面，被暴晒雨淋和车辆重压之后，呈现高低不平的起伏，每个起伏的间距只有15公分左右，上下的距离却也达到了15公分。难怪大家称这种路为“搓衣板”，只是这块洗衣板，绵延数十公里，望不到头。

我的车因为小，自重很轻，底盘也没有承重钢板，在这搓衣板路上开起来就像整个飘起在路面上，轮胎感觉不到地面的抓力，方向每一秒都在左摇右甩。我必须用尽全身的力气，死死抓牢方向盘，右脚在油门和刹车间不停转换，才能保证不把车开到沟里去。

而我和C的头，也在车里不停地上下乱窜，那感觉就像嘴里不停在嚼蚕豆，牙齿叮咣撞得直响，腮帮子生疼。

也许你会说，嚼蚕豆的感觉没你说的那么夸张吧?哪天，你给我不停地嚼两小时试试。

停车休息时，拿出手机发微博："珠峰路非常好，小车都可以加油冲，80码以上没问题。同学们赶紧来！"半分钟后，收到大师兄的回复："你霍别个（重庆方言，骗的意思）。"

我哈哈大笑，揉揉腮帮子继续上路。历经三个半小时折腾，当看到云层出现一道霞光，四周渐渐变得开阔，心中明白，珠峰，要到了。

傍晚时候终于抵达珠峰大本营，天气非常不好。厚厚的云层遮蔽了天空，珠峰的尖角就缠绕在云层中央，不肯抚去它神秘的面纱。

大本营其实就是一个不过几百平方米的大平地。藏民的大帐篷沿着四周搭起，留住中间的空地供游人停车。每个帐篷可住六个人，收费倒是很便宜，每人40元一晚。

我们挑了间帐篷住下。老板叫洛桑，在帐篷里生了暖暖的炉火，热好了酥油茶招待来自远方的客人。

喝着香甜的酥油茶，我们和洛桑聊起了天，帐篷里还有一个穿着厚厚藏袍的女人，正在炉火下生火做饭。黝黑的双眸，黑红的皮肤，洁白的牙齿，高挺的鼻梁，是藏人中难得的美人。

我问洛桑："这是你老婆吧？真美。"

洛桑看了那女人一眼，不好意思，笑："没有，没有。"接着又说："这是我二老婆。山下还有一个。"

我眼睛瞪得溜圆："什么？你是说，你有两个老婆？"

他抠抠头，更不好意思了："是啊。两个。一个在山上，一个在山上。"

C 颇感兴趣地问："你们可以娶两个？"

"嘿嘿。"洛桑开始得意起来："是的。我们可以娶两个。没办法，山下的田要人种，这里的生意也要帮忙。"

"那她们知道对方不。"我很困惑。

"知道。"洛桑告诉我。

"她们不生气？"我更不解。

"不生气。"洛桑说："当然不生气。她们都知道的。"

我悄悄瞄了眼旁边正在生火的女人，她的脸上竟泛起淡淡

<<<
洛桑一家

的微笑。真不介意？还是，早已因为生活，所以超脱得把一切看淡似浮云？

“你们最多能娶几个？”C忍不住打听。

“两个。”洛桑说。

“牛啊哥们儿！”C重重叹口气。

我笑眯眯地转过头，狠狠掐C的大腿：“想都别想！”剧烈的疼痛把C从美好的憧憬中拉回现实。

傍晚，珠峰还是未曾露面。随车携带的数码打印机使我在这晚成了大本营的明星。藏民们通通前来恳请我替他们拍照。一时间排照的人竟拍起了队，我和C像开照相馆似的流水作业。我用两张存储卡交换着给大家拍照，C则负责给大家打印照片。一时间单人照、全家福，好不热闹。大家手里拿着照片互相交换着看，开心得不得了。

天色逐渐暗下来，山上没有手机信号没有电，我和C钻进睡袋，帐篷内的其他人，也盖上厚厚的棉被早早睡下。到了晚上，氧气变得非常稀薄。帐篷内的六个人，除了我没有强烈的高反之外，其他人都从喉咙里发出厚重的喘息声。

从南京来的晓芳，只穿了一件薄薄的冲锋衣，一上来就感冒了，白天就有些头疼，到了晚上头疼得更厉害，开始在被子里呻吟。

东北来的老大爷爬起来翻开背包找头疼药，西安来的两口子连忙给晓芳倒来白开水，C也钻出睡袋去车上拿来散列痛，几小时前还素不相识的路人，一下子变得很亲近。

晓芳吃下药后，感觉好了一些，一会儿便睡着了。

我担心着明天不知能否有好天气看到珠峰全貌，有些睡不安稳。

夜已经很深，我仍然醒着。西安的老大爷，每隔一会儿便爬起来一次。喝水，上厕所，喝水，上厕所，整个前半夜，就这样反复折腾了很多次。

他每次起身完毕回到帐篷，都会喃喃自语道："唉，羊肉吃多了上火，只有喝水。水喝多了又要上厕所。唉，折腾啊。"

我躲在被子里叶哧哧地笑。大爷，您这个年纪，需要吃汇仁肾宝，正常。

C 头痛欲裂，翻来覆去一夜未眠。

我，则在零下 10 度睡袋火烧般的保温效果和担忧明天能否见到珠峰的双重煎熬里，迷糊着睡去。

珠峰的气候：珠峰地区及其附近高峰的气候复杂多变，即使在一天之内，也往往变化莫测，更不用说在一年四季之内的翻云覆雨。大体来说，每年 6 月初至 9 月中旬为雨季，强烈的东南季风造成暴雨频繁，云雾弥漫，冰雪肆虐无常的恶劣气候。11 月中旬、翌年 2 月中旬，因受强劲的西北寒流控制，气温可达 -60℃，平均气温在 -40℃ 至 -50℃之间。最大风速可达 90m/秒。每年 3 月初至 5 月末，这里是风季过度至雨季的春季，而 9 月初至 10 月末是雨季过度至风季的秋季。在此期间，有可能出现较好的天气，是登山的最佳季节。由于气候极度寒冷，又被称为世界第三极。

旅游：从中华人民共和国境内进山的路线是：从拉萨乘车沿中尼公路经羊湖、江孜、日喀则、协格尔、绒布寺、珠峰、日喀则、尼木县、曲水县、拉萨，总计670公里，行程两天，然后再经帕卓区沿简易公路南下，行车110公里后就到珠峰北麓，海拔5145米的绒布冰川末端——绒布寺。

珠峰远在中尼公路南大约100公里的过境线上。从日喀则、拉孜找便车到新定日不是很困难，但是余下到大本营的100公里，能搭上便车的机会相当低，所以建议从拉萨包车前往。从拉萨出发有很多正规旅行社都在收客，切忌不要在火车站，街头，旅馆找那些业务员报名，注意不要乘坐到黑车了，去珠峰纯玩专线拼客或者拼车，签订国家旅游局颁发的正规旅游合同，出行安全才有保障。

收费：需要在新定日路口的旅馆办理进山手续，租车前往珠峰或自驾车前往，到了定日珠峰路口，买门票时每人180元，另外小车的门费就按轮子算，100元一个轮子，大车150元一个轮子，还另收手续费5元，到达珠峰大本营便必须坐环保车行走8公里才能去珠峰的最佳观看点，环保车每人25元。

班车旅游路线

食宿：珠峰大本营的绒布寺可提供住宿。标间200元/间。建议去住大本营的藏民帐篷，30–40元/人，在此住宿便于观看早晚景色。每家藏民的帐篷客栈可提供简单的饮食，约25元/人/餐。也可自带干粮或用帐篷内的热水冲泡方便食品。当你入住后，热情好客的藏民会送上免费的甜茶饮用。

帐篷内备有足够的毛毯和被褥。如果想更保暖和卫生，可自带睡袋。珠峰大本营的海拔已在5000米以上，气候寒冷，羽绒服是必需的衣着，即使夏天也不例外。

小贴士

1. 建议穿保暖性好的羽绒服羽绒裤。

2. 带上背包装东西，多带些食物。

3. 根据季节不同准备舒适温度在0度至–10度左右的睡袋。

4. 若担心有高反建议提前一个月用红景天泡水喝，准备些高反药物。

5. 到了高海拔地区不要剧烈运动，不要暴饮暴食。发现患水肿及时转移救治。

6. 如果自驾去珠峰，最好提前购买减震胶装于车辆的减震器上，这样可以尽量避免车辆的减震损坏。

7. 珠峰景点验票口有小孩子（有时也会有大人）前来索要钱物，应尽快通过，沿途不要停留太久。

第二天的天气依旧不好，云雾比昨天更大。

从大本营到珠峰的最佳观测点还有 5 公里路程，我想走路，在 5000 米的高原上行走呼吸下新鲜干净的空气，这样会让我感觉离珠峰更近一些。考虑到 C 的高反，我们还是每人花了 25 元坐环保车到了珠峰最佳观看点。

跟着大家手脚并用地爬上小山坡，山坡上有站岗的士兵，常年驻守在此。听说他们的工资补贴非常高，但是，实在是非常孤单。

云雾丝毫没有散去的迹象，我们在山坡上席地而坐，面对珠峰的方向，祈盼着云层渐开，能让我看它一眼，哪怕就一眼也好。虽然我知道，这可能需要出现奇迹。

<<<
眺望珠峰

在山坡上坐了三小时，C冻得浑身僵硬，不耐烦地催促我："走吧。"

我有些不甘心，对他说："我们再待一天好不好？明天，应该会出太阳。"

C敲我的脑袋："霸王假请不了那么久。你不上班我还得上班。"

我只得拍拍屁股站起来，快快地调整白平衡，抓起相机闪下了一张云雾中的珠峰，权当到此一游的纪念。

下山途中，C说："这一趟，不值得。"

我不语，心里却想：我们来过，我们终归还要走，其他的，都不重要了。

也许，珠峰之路，对和那些身处城市，灯红酒绿酒足饭饱掉根头发也要唉叹一阵的人们来说，是无法挑战的辛苦。

可是，对于那些一直在努力寻求自我，向上攀登的登山者来说，却仅仅只是旅途中的一站。

无论如何，我们需要记住的只是这句话：

山的荣誉，是别人强加的，山并不知道，它也不在乎。

六月十九日

全天 348km，全天行车 8 小时

珠峰——聂达木，318km（开出珠峰烂路后，至聂拉木路况非常好。注意沿途无加油站，我们是返回定日加油后再去的聂拉木）

——樟木，30km（山路，路况好）

告别珠峰。是继续往前，还是返回拉萨？我们有点犹豫。继续往前的话，时间所剩已经不多，接下来的返程势必赶了又赶（后面一天从兰州开回重庆，从早上五点到凌晨三点，共开了 22 个小时，没吃饭没休息，除了上厕所一天都在车上，就是因为行程太紧赶出来的）。如果就此返回拉萨，又觉得少了点什么。难怪有人总说，西藏是一种瘾，沾上了，就戒不掉。

忽然想起，在拉萨闲逛的那两天里，听酸奶坊的帅哥老板高文推荐，珠峰再往前走两百公里，就是尼泊尔的边境。那里有个叫樟木的小镇，依山而建，空气潮湿，瀑布飞泻，让你有种本不在西藏的错觉。而且因为边贸的关系，满镇全是中国、尼泊尔、印度几国人交错，有种别样的异域风情。

高文对樟木的描述又回荡在我的耳边，都走到这里，实在没有理由不继续往前走。

我和 C 开始商量请霸王假的对策。

C 想了想，说："我打算不请假了。"

我诧异："这样也行?"

"应该没有问题"

"就没有问题。"

我劝他："这样不好，还是打个电话吧，发个短信也成。"

C 作出决定："不请了，找我再说。"然后问我："你怎么办?"

我想了想，酝酿好情绪，拨通老板的电话。电话一接通，我开始哇哇大哭。

电话那头的老板懵了："怎么了? 别哭，慢慢说。"

我继续抽泣："车，车坏了!"

老板安慰我："别急，你现在在哪里?"

我愈来愈入戏："我在拉萨，在修车。估计要修好几天。对不起，我不能按时回去了。"

老板听我哭得实在肝胆欲裂，急忙答应下来："没事，安全回来就好。"

挂断电话，我一抹眼角的泪水，对 C 说："来，击掌！耶！”

C摇摇头：“你也不比我好多少。”

我撇嘴道：“回去再向她负荆请罪。现在管不了那么多了。”

C指着我笑：“你还真是演技派！竟然真哭了！”

我不乐意了：“我是偶像加实力派美女如花天晴也。”

“走，出发！”我两手一拍方向盘，继续向前开去。

告别珠峰，我们途经拉孜奔赴此行最远一站：樟木。

期限，有时不过是我们给自己强加的一种束缚而已。

小尼子的油箱容量很小，我们本打算回定日加油。回到珠峰检查站时，当班的士兵告诉我们往聂拉木方向20公里便有加油站。于是我们掉转车头，继续往聂拉木行驶。

行车20余公里后，只见到一个小镇，加油站的影都没有。

有辆大卡车停在路边，虽已装了满车的人，有的甚至已经坐在别人的身上，仍有许多人各显神通地往上爬。还有两三个，甚至想挤到驾驶室去。实在挤不上去的，则一脸郁闷地站在旁边，用脚踢着地上的石子。

住在这样的地方，交通实在不便，也难怪他们如此在意这难得的搭乘机会。

我停在卡车旁，向他们询问加油站的事，立即得到一连串热情的回答：

“前面没有了。”

“没了，没了。”

“要到聂拉木才有。”

“要 200 公里哟。”

路边的人也开始绕着我们的车转来转去，前后左右地打量着。

大声说着“扎西德勒”谢过他们，赶紧掉头返回定日加油，想起这一路上，因为 GPS 的当机，以致我们常常需要问路。每次问路，都会受到热情的回应，问到的人，通常会重复好几遍，生怕没说清楚，让我们走错了方向。这和城市里的冷漠有着鲜明的对比。

拉孜景点： 芒普旅游区，区内不仅有极具建筑特色的佛教庙宇，而且有墓格林温泉，还有供人们小憩的山间林长，草坪坎。特别是芒普乡秋古温泉，泉水清澈，温度适宜，疗效很好，九世班禅生前曾在该泉沐浴半月余。去芒普的路为乡村公路，芒普村可租马及向导，价格 30 元左右。

拉孜木扎山石窟，位于拉孜镇拉孜村以西，窟面阔 2.65 米，高 3.2 米，进深 3.5 米。洞内有巨型如来佛雕像及各种浮雕，如来佛浮雕大者高 1.53 米，小者高 0.53 米，造像风格古朴而庄重，是西藏现存较少的古代文化遗存之一。

拉孜古墓群，位于曲玛乡查木钦村等地。据说老拉萨孜附近的查木查钦村古墓群与吐普最后一个赞普朗达玛的后裔有关。拉孜地方的古墓分布可延至定日境内，这一线大量的洞窟、墓址等是拉孜以后的旅游开发区。目前大部分只有简单的土路，尚无正规的公路相通。

锡钦温泉，用该泉水洗浴，能治病洁身，有比较大的温水游泳池。是消除旅途疲劳的好去处。春夏之交和秋收之后在这里泡温泉医病的藏族人居多，他们通常是一泡月余。锡钦是拉孜以后重点发展的景点之一，目前已在此地修建了宾馆等配套设施。

拉孜曲德寺，位于拉孜镇（老拉孜），距拉孜县城10公里。为五世达赖喇嘛所建，属扎什伦布寺属寺。距今340多年，建筑形制与扎什伦布寺相似。该寺1985年重建，主供释迦牟尼佛，藏历新年期间有强巴佛会。有较好的公路直通。

平措林寺，距拉孜60公里左右的平措乡，邻雅鲁藏布江。1614年建，初春觉囊派，五世达赖时，随寺主远赴外蒙传教而改宗格鲁派。该寺在初建时，其建筑样式及佛像造像等居全藏之冠，现仍保存有较多完好的壁画和铜佛像。平措林寺有四大镇寺之宝，其中两样是建寺者多罗那它捭杖和法钹，另有喜饶坚赞的手杖和一对宝石，很难见到。该寺藏历年底有跳神节，10月8日有拜度母节。

觉囊寺、临平措林寺，位于欧布琼山腰，风景不错。由萨迦大法王八思巴的弟子土杰尊追于1300年修建，最主

<<<
拉孜湖水

要的建筑为万佛一见得解脱塔。此塔为吉祥多门塔格式，高27米，共11层，共有108门。其外形为四面八角，塔基、塔腹、塔瓶和塔幢等建筑单元完整，共占地1000多平方米，非常壮观。各塔层皆绘有壁画并供形式多样的佛像。藏历4月15日有金刚神舞。觉囊寺初奉觉囊派，后随平措林寺宗格鲁派，现又重奉觉囊派。

转回定日加油后，安心地开向聂拉木。

途经拉孜，开始出现大片湿地风光。

大部分自驾西藏的车友，走到珠峰便返程了。很少有人会继续往中尼边境走。这一路的车辆真是少之又少。路况反而变得好起来。

为了防止我犯困，“1……2……3……4……”我一边开车，C一边数数。

“你在干吗？”

“数会了多少车。”

“真无聊。数到多少了？”

“哎呀！被你一打岔，数到哪里都忘了！”

对于一个半把子摄影爱好者而言，这样的好天气，实在让人“鸡冻”。只是不停地上车下车，换镜头，支脚架，全然没有任何不适，这让多半时候因为高原反应只能蜷在车里的C好生羡慕。

我又开始不停地上车下车拍照，完全没想到，和C的第二次争吵就这样来了。而这次，甚至差点各走各路。

C见路况实在太好，摩拳擦掌地想要开车。他的驾龄不到三个月，擦挂足有十起之多，我实在有些不放心。

C不高兴了：“你对我太没信心！”

我解释：“现在路面虽好，但经常会有大坑出现，如果不注意，车开到坑里，轻则挂伤底盘，重则彻底歇菜。”

他更不快了，指着前面的路，大声说：“你看，这路面平成这样！哪里来的大坑！你就是对我没信心！”

我只得停下车，把方向盘交出来。

开了大概几十公里，一路尚好。C开始放松下紧张的神情，开始一只手握着方向盘加速起来。车速不知不觉上了100码，我刚要提醒他还是留神点儿好，就听到“呯”的一声巨响，车掉前一个大坑里，又被飞快地弹了出来。

"啊!"我发出一声尖叫:"停车!"

下车检查，还好车并没有什么硬伤。

C有些不悦："你叫什么，不过一个坑，用得着大惊小怪么?"

我顶嘴:"要真出事怎么办?这里前不着村后不着店，你别开了，还是我来。"

C生气了:"你叫这么大声，像我欺负了你似的，一点都不给我留面子!"

我也不乐意了，大声说:"面子能包饺子吃?这里又没其他人。我是为了我们的安全，谁让你抢着开了!"

C看着我，沉默了许久，叹了口气对我说:"你太自私了，人与人的相处，得多为别人考虑。"

我继续开车，不再说话。

聂拉木：从海拔4000米左右的聂拉木镇沿波曲到樟木的30公里地段全为高山深谷，谷陡且窄，石木森然，植被葱郁，雨水极丰。其周围山体上常有流水飞瀑，有的立壁上竟达11道飞瀑之多。它们从高耸入云的山巅而下，经石壁和立松直达深谷，足有千米之高。车至樟木，可以免费洗好几次车。

在去樟木的路上，见得最多的是瀑布，树和山。喜马拉雅山在这一段展示它大异于常人心目中所想的另一面。波曲峡谷曲乡段至中尼隧道一段，山峰壁立千米以上，高入云天，山面裸岩皆覆水，在阳光照射下像镜子一样光亮一片。附壁而生的松林直直往上，被道道飞瀑隔断，绝无攀爬的可能。这和绵绵雪峰的喜马拉雅景致完全不同。中尼隧道一段是观山景的最好位置。

驶过聂拉木，气候变得越来越湿润。一路有瀑布相伴，只要是山壁间有缝隙，便会有细流直刷而下。瀑布多细长，或沿阶梯状岩石级级而下，或是从山顶一泻千里，像一条银链挂在山谷两侧陡壁间，让你会有怀疑自己是否还在西藏的错觉。

樟木地处中尼边境喜马拉雅山中段南麓沟谷坡地上，是一座依山而建的小镇。这一带属于亚热带，气候潮湿，风景宜人，海拔仅2300米。牙膏之类的东西在拉萨时由于气压低总是胀得鼓鼓的，而到樟木都瘪下去了。

从5200直落到2300，海拔的降低带来了充足的氧气。C暂时忘掉刚才的不快，在脸上挤出两道鱼尾纹，大声说："我宣布，我醉氧了！"

我也笑了，想想这一路上，不拍照的他，跑前跑后地背着摄影包跟着我瞎逛。我想吃的他陪我吃，我不想逛的他也不停留。一路都在迁就我，我的脾气还像新春的鞭炮一点就着，实在是太不好意思。

我低声对他说："对不起。"

他摆摆手，看着我无奈地说："这么大人了，还像小孩似的。你这脾气，真的要改改了。"

我拼命地点点头。

突然转变的气候让我们喜出望外，C开始背诵电影《不见不散》里葛优和徐帆的对白。

这是我对他和他那帮兄弟伙特别不解的地方，一群三四十岁的大老爷们，记忆力却像高中生般超群。每逢有经典电影上映后，他们总能记住影片中的台词。

比如《让子弹飞》热映那阵子，一到酒桌上，就会听到如下对话：

“喝不得了，大哥，你是了解我的。”

“那就，让酒杯再飞一会儿。”

“我这杯酒比你的多哟。”

“我要做的只有三件事：公平，公平，还是他妈的公平！”

再比如麻将桌上，又会出现下面的语言：

“地主家也没有余粮啊。”

“这他妈的税都收到公元2012年啦！”

“我带着老婆，出了城，打着麻将还唱着歌，突然就被麻匪劫了……”

C继续念着台词：“这是喜马拉雅山，这是中国的青藏高原，这是尼泊尔，山脉的南坡缓缓伸向印度洋，受印度洋暖湿气流的影响，尼泊尔王国气候湿润，四季如春。而山脉的北面陡降，终年积雪，再加上深陷大陆的中部远离太平洋，所以自然气候十分恶劣。如果我们把喜马拉雅山炸开一道甭多五十公里宽的口子，世界屋脊还留着，把印度洋的暖风引到我们这里来，试想一下，那我们美丽的青藏高原从此摘掉了落后的帽子不算，还得变出多少个鱼米之乡？”

额滴神哪，好长的一段，居然只字不落。

樟木口岸：位于喜马拉雅山南麓的中尼边境樟木镇，是西藏唯一的国家一类陆路通商口岸。西藏境内的1000多夏尔巴人，主要居聚在这里。樟木镇常住人口3000多人，外贸、边贸公司20余家，日流动人口平均1000人左右，年商品交易额已突破2亿元，对内辐射西藏及相邻省区，对外辐射尼泊尔及毗邻国家和地区是西藏目前最大的边贸中心口岸。

交通：樟木没有定期客车来往拉萨及其他地区，只可乘便车或租车。游客可在客运站或樟木宾馆查问。另外尼泊尔常常有旅行团到拉萨，游客想坐便车，可以在宾馆联络导游或司机。

住宿：樟木有不少客栈和宾馆，因为海拔只有2300米，所以住宿的地方基本都能供应24小时的热水和电。部分旅馆还能提供 WIFI 无线上网。标间一般为 100～140 元/间。

饮食：樟木能品尝到各式各样的餐饮，川菜、藏餐、尼泊尔菜、印度菜。可根据自己的口味进行选择。

国内游客怎样从樟木口岸出境：

内地游客，持有身份证、边境证、工作证、当地介绍信的，在樟木能找到接待单位的，可在接待单位人员陪同下出关。如果能同时找到几个想出关的散客，可在当地旅行社的组织下出关，费用大致为 200 元，含外事手续费、交通费、保险、导游费等，吃饭自理，这样可往巴勒比斯作一日游；没护照的，除身份证、工作证、边境证或其他有效证件外，最好办一份工作单位或户口所在地派出所的介绍信，这样在旅行社和关卡便于办理手续。国内散客可持有效证件，如身份证、边境证、工作证，户口所在地政府或所在工作单位介绍信等，前往樟木公安局外事科，领取边境通行证介绍信，填妥、签字、盖章后再往派出所复核盖章，再往边检站盖章，然后持此表格可由海关出关到德斯港和友谊桥。

小贴士

去樟木，无论是国外游客还是国内游客，均需办理边境证才能前往，国内游客办理边境证可在所在地区的公安厅办理，也可到西藏后办理，但手续相对复杂。

抵达樟木已是晚七点，我们在樟木青年旅舍住下。C 在大厅询问边境的位置，我则回房间准备洗去周身的疲倦。

连着两天没有洗澡，路上飞扬的尘土让我头皮都燃着一股子霉味。

我走进浴室打开水龙头冲澡，水竟是那种要把皮烧掉一层的烫，这还不是最悲催的。咬牙洗着开水澡，洗到一半忽地变成了冷水，冻得我一打抖从浴室跳出来，身上带着满身的肥皂泡泡，欲哭无泪。

裹上大毛巾给老板打电话，老板说热水器供水正常啊，没有问题。我又拧开水龙头，但就是不见热水出来，只好继续咬牙冲完身上的肥皂泡，洗完这个有助新陈代谢的冷水澡。

我套上厚厚的外套，拉C出门觅食。

我边走边告诉C："我刚经历了冰火两重天。

C不解："什么东西?"

我哆嗦着告诉他刚洗了一个开水澡外加一个冷水澡之后，他惊呼："冻感冒没有?"

我得意地说:"没有啊。完全没有。回去都可以练冬泳了。

他笑我："你啊，顶多也只能在高原上充充好汉，一到平原，就是只病猫。"

唉，虽然他说的是事实，也不带这么打击人。算了，我套上厚厚的外套："我们去吃顿好的，把冰冻的能量补回来吧!"不提还不觉得，一提到吃，肚子就开始鸣锣抗议了。才想起今天早上从珠峰出来，一整天时间，两个人一共只吃了三块饼干，非压缩的。

四处打听后，找到这家当地最出名的尼泊尔餐厅。

我们俩人点了三个尼泊尔套餐，准备浴血奋战。

等了不知道多久之后，服务员把青菜、土豆和鸡肉端到我们面前，青菜的叶子已经发黄，炒的时候火力过猛，不少叶片都烧焦了。土豆呈现出发霉的青色，一口咬下去，硬得牙都要

<<<
樟木异域风情

嘣出来。最极品的要数鸡肉，扒拉一下，竟然还看得到腥红的血丝。只听说过牛排三分熟，没听说鸡肉也可以三分熟啊。

我和C只得就着凉白开，把菜里的汤汁扒出来，各自吃了一大碗还算新鲜的白米饭，差点没哭了出来。

回到客栈，湿润的空气让我仍在兴奋。睡不着，便打开电脑开始拷照片。

C有些累了，早早躺下。用被子蒙住头，开始睡觉。

正在拷着照片，C掀开被子探出头，说："别弄了，睡吧，吵得我睡不着。"

我没明白："我关了电脑声音的啊。"

C又说："你的鼠标还是有声音。"

我心想，鼠标声音这也算声音么？于是轻声说："马上就完。不拷出来明天拍不了了，卡都满了。再一下下就好。"

C蒙上被子继续睡觉。

我愈加放轻了手脚，小心翼翼地轻轻点着鼠标。

没过一分钟，C腾地从床上跳起来，向我大吼："你倒是关不关电脑？"和C认识以来，从没见他发这么大火，我愣在那里，眼泪直打转，委屈地说：“我还有一分钟就弄完了的嘛。”

C从床上爬起来，扯掉我的电脑插头，声嘶力竭地吼：“这觉没法睡了！”然后从包里摸出些东西甩在床上，夺门而去。

我的眼泪再也忍不住，叭嗒叭嗒掉下来。

哭够了，我走到桌边，看到他放在桌上的，是我的证件和钱包。

手机传来他发的简讯：“你太自私，从不为别人着想。我明天就回去，你一个人走下面的路吧。注意安全，开车慢点。”

我抓着手机嚎啕大哭，颤抖着给他回复：“如果你真走了，我们从此以后，就真的各走各路了。”

发完，把手机扔在床上，看着空荡荡的房间，脑子一片空白。

六月二十日

樟木一日游

景点推荐

樟木距离尼泊尔首都加德满都只有90多公里，因而许多境外游客把这里作为他们入藏或出藏的大门。樟木境内有世界第14高峰希夏邦马峰，有茂密的原始森林、奇特的冰川和几十个大小湖泊。

樟木地处中尼边境喜马拉雅山中段南麓沟谷坡地上，海拔2300米，是一座依山而建的小镇。周围自然环境很美，现代化建筑和一些古老的木结构房屋依山交替地散落在盘山而下的公路两侧。

青山绿树掩映下的边陲小镇枣樟木，一座座红色小楼格外醒目。这不仅是樟木的独特风光，也反映了昔日贫穷落后的樟木镇已经迅速地繁荣起来了。地处喜马拉雅山南坡的樟木具有亚热带海洋性气候特点，气候湿润，群山翠绿，四季如春。全镇依山而建，房屋都建在同一条盘山公路枣中尼公路两旁，平均海拔2200米。樟木镇总面积70

平方公里，几乎找不到一块平地，全镇坡度在30度到45度之间。走在樟木的街道上，两旁鳞次栉比盖满了各种漂亮的建筑：涉外饭店、外贸大楼、邮电大楼和藏胞接待办等等。最引人注目的还是一座座别墅似的红砖小楼，这些类似西洋式的建筑，几乎都属于樟木居民私人所有。

红楼的主人大多在楼下开了大小不一的店铺，店中各种商品有来自印度、尼泊尔的香水、化妆盒、各种线织物品，更多的是内地的儿童玩具、服装、鞋类等百货。

异域风情：樟木因处于中国与尼泊尔的边境处，在小镇上闲逛，能见到许多尼泊尔人、印度人来往穿梭。还有不少尼泊尔和印度人在樟木经营着商店和餐厅，别有一种独特的异域风情。

购物：在樟木可以买到许多尼泊尔和印度的特产。其中比较有名的是尼泊尔的手工艺品，如木制佛雕、陶器和涂满金漆的香灯。也可购买到沙丽和印度香。

汇率：可在网上查询当日的汇率以便兑换。但樟木没有可供直接兑换的银行，如要兑换需要在私人手中交易完成，一般比银行汇率要低一些。但是尼泊尔欢迎人民币就如同欢迎中国游客一样，因为，在2008年开始的金融危机中，人民币很坚挺，而美金却处于风雨飘摇之中。如果不出境，在樟木口岸可以直接用人民币购买所有货物，即使是尼泊尔和印度商人开设的店铺也不例外。

一夜未眠。

清早，传来敲门声，打开门，C站在门外看着我。我也呆在那里看着他。

沉默了许久，他说："我来看看你走没有。"

我低头掰指甲："我在等你，看你是不是真会扔下我。"

他笑，摸了摸我的头："昨天说的是气话，别想了。拿好相机我们出去逛逛吧。"

我探眼瞄他，小声试探问："你真不生气了？"

他点点头："不生气了。昨天我脾气也不好。还是因为开车那个事情影响了情绪。"他长长地叹了口气，又说："你不知道，看你一路开车这么辛苦，我坐在旁边什么忙也帮不上，

<<<
樟木异域风情

心里干着急。"

我的眼泪一下子又出来了："我不辛苦。真的不辛苦。"然后我拉拉他的衣角，小声地冲他说："以后，我不再像小孩子般胡闹了。以后，我们再也不吵架了好不好？"

他看着我，使劲地点了点头。

我破涕为笑，拿上相机，拽着 C 的胳膊出门扫街。

樟木地处周围自然环境很美，现代化建筑和一些古老的木结构房屋依山交替地散落在盘山而下的公路两侧。其建筑以二三层的小楼房为主，材质有石料，木板以及砖混等。由于樟木镇是依坡而建，街道拐弯很多，整个镇的房屋布置比较随意，高低错落明显，层层紧挨，全由街道和石阶相沟通。

大多数屋顶都有小花园和铁皮屋顶，运气树等布满屋顶，将整个城镇打扮得花花绿绿的，在周围青山绿水和白云的环抱中，显得非常醒目。

作为一个十分繁忙的通商口岸，镇里车水马龙，常常水泄不通。公路两旁，商店密密麻麻约有几百家，经营着各种各样

\>\>\>
樟木口岸

的物品，能看到不少印度、尼泊尔等地的舶来品。

街上常能见到五颜六色的尼泊尔 TATA 货车，除藏族和汉族外还有很多印度人和尼泊尔人，各种肤色的游客、商人来来往往。

路旁的人们，都向我露出了或友好或羞涩的笑容。

按下快门的时候，他们用细小的声音说着："谢谢!"

常被朋友打趣，说我判断一个地方值不值得去，是看能否拍出好照片；判断一个地方的人纯不纯朴，则看能否让我随意拍照。

突然，有点憎恨自己的肤浅。

该说谢谢的，应该是我。

沿街走到尽头，就是中国海关，去尼泊尔旅游就从这里出关。

老人的身后，就是尼泊尔了。

<<<
泥泊尔的妇女

在海关门口，你会发现聚集着很多换钱的人。每当有旅行者出现，他们便持着计算器和大把的纸币蜂拥而上。

边境的海关没我想象的荷枪实弹，一排排站列整齐的士兵严守着边境。感觉更像个大集市，只有几个海关人员对来往的人员和车辆一一检查而已。

我想，可能这是因为，对岸是尼泊尔。如果换成米国，恐怕又是另一番景象？

许是因为尼泊尔物资贫乏，樟木口岸聚集了许多来买东西的尼泊尔人。大部分人就这样用一根大布条绑在头上，把一大堆沉沉的东西背到对面的国家。

没有去过尼泊尔，不知道这个国家的女人，是怎样的社会地位。但在樟木，满眼干着重体力活的，几乎全是女人；头上顶着硕大包袱的是女人，一件件往车上装货物的是女人，使出全身力气艰难地拖着大纸箱的是女人，而男人们，不是在打牌，就是在阳光下晒太阳剪指甲。心里有点不是滋味。

留心观察不难发现，这些异国的女人们异常辛苦背着的，全是些无品牌 15 寸彩电、叫不出名字的洗发水、质量低劣的衣服和鞋帽，甚至还有整袋整袋的卫生纸，无需亲见，已然可以想象尼泊尔的贫穷和落后。

据说这是因为尼泊尔一直都是君主制，政府非常腐败，税收奇重，民不聊生。经过多年奋斗，尼泊尔民众才得以在去年废除君主制。

尼泊尔，这个女人劳作男人轻闲的国家，这个政府腐败人们穷困的国家，风景听说倒是无限美丽。

尼泊尔，有一天，我也终将会去。用很长很长的时间，去徒步那两条世间闻名的线路，ABC 和 EBC，只为风景。

六月二十一日

行程：樟木——拉孜——日喀则

今天，开始踏上返程了。

告别樟木。今天，开始踏上返程了。

在这个傍晚，我和 C 停在渐暗的暮色中，面对暮色中的群山，心情不知为什么，也变得像草原上的这个村庄一样幽暗起来。

或许，我得了一种病，一种叫做不舍藏地的病。或许，我上了一种瘾，一种迷上了西藏的瘾。

一旦踏上返程，就意味着，这次行程即将结束。

唯有在这落日的余晖中，留下我的剪影吧。即使回到繁华都市，我还是得像蚂蚁一样生活，至少，让我在这次旅行中，像蝴蝶一样绚烂。

真想，一直在路上。

六月二十二日

日喀则——拉萨

景点推荐

罗布林卡：属全国重点文物保护单位，位于西藏拉萨西郊。始建于18世纪40年代（达赖七世），是历代达赖喇嘛消夏理政的地方。经过二百多年的扩建，全园占地36万平方米，建筑以格桑颇章、金色颇章、达登明久颇章为主体，有房374间，是西藏人造园林中规模最大、风景最佳、古迹最多的园林。罗布林卡意为宝贝园林。

罗布林卡现在被称为人民公园，环境优美，建筑维修得也很漂亮，但是里面的文物没有布达拉宫和大昭寺那么丰富和吸引人。所以也有人戏称罗布林卡是“由一座水塔、两排工艺品商店、以及围绕着动物园的几座宫殿”组成的。我个人也认为罗布林卡的确不是拉萨最值得去的地方，当然，雪顿节的时候除外。

返回拉萨。在网上得知拉萨市区有小尼子的4S店，上午，

C 去给小尼子做车检。我则一个人去罗布林卡闲逛。

一直不喜欢人工痕迹太重的景点。罗布林卡，已被修成一个公园，进了罗布林卡才知道，原来它是历代达赖的夏宫，每逢夏天，他们便到这里避暑。早知是这样的话，就该去药王山了。听说在药王山上能拍布达拉的全景，很是吃皮。不像这里，水泥路面、密集花盆、假山水景，全是人为的添加，甚是无趣。

一路遇到几个美女，穿着鲜艳时髦的裙装，在罗布林卡拍照留念。我承认她们很美，可我确实不太喜欢把那些繁华都市的灯红酒绿带来这里，把西藏当成景点来旅游的人们。

西藏，不应是旅游的，而应是旅行的。在行走间享受，在行走中感悟。

无聊中，接到 C 的电话：

“小尼子减震坏了三根。4S 店没有配件，只有返回重庆修理。”

“没事，接下来的青藏线路况很好，没多大问题。”我寻思。

方才明白，难怪从珠峰回来的这一路上，过个井盖都有坐海盗船的感觉，连车带人像被掀到天上，原来是减震坏掉大半。所幸，最烂的路通通走完。剩下的路，一马平川。

C又问：“你一个人，竟没人找你搭讪？”

我乐：“有人。”

他急忙追问：“谁？胆子这么大！”

我更乐：“有一位年方七十的老爷爷，过来问路。”

说完，我低头看看自己，今早出门，没洗头，没化妆，穿着已经领口袖口都已脏得泛油的冲锋衣，裤子上全是尘土。这副形象，C实在是太看得起我了。

中午在拉萨吃这最后一顿饭，就要正式踏上归程了。

想着留下点什么纪念，于是我说：“那我们再去吃一次藏餐吧。”

<<<
血淋淋的生牦牛肉

找到著名的“藏家宴”餐厅，点了这道传说中的生牛肉酱。当它端上来，我立马就后悔了。生肉被绞成稀碎的肉，盛在碗里哗哗冒着血水，完全没有入锅沾过油气，就那么全生地端上来，让人想到恐怖片《三更》和《饺子》。

“不管什么，总要试一试。”抱着这个信念，我吞下了生平第一口生肉。胃里立刻翻江倒海起来。不行，这么难吃的东西，无论如何也要再拉人下水。

我努力咽下让人作呕的血腥味，堆出一张享受无比的脸：

“太好吃了，你也尝尝。”我笑咪咪地对 C 说

C 把头摇得像拨浪鼓。

我咬牙吞下第二块。“真的很好吃！不尝要后悔哦！”

C 更加坚定地咬紧牙齿。

利诱不成，我舀起一勺生牛肉，举到 C 嘴边，改成威逼：“吃不吃！你倒是吃不吃！”

C 坚定的扭头，独自躲到一边喝酥油茶去了。

放下勺子，我冲前台大喊：“矮油，老板，洗手间在哪

里哟?”

后来我才知道，传说中好吃的生耗牛肉，只有我在川西吃过的那种是用牛肉风干后冰冻，切成片，蘸上辣椒面。和我们吃的这个，完全天南地北。

六月二十三日

全天 223km，全天行车 5 小时

拉萨——当雄（163km），109 国道，约 4 小时（限速，路好）

——纳木错（45km），景区公路，约 1 小时（限速，路好）

天湖纳木错的美景。

景点推荐

纳木错：纳木错是中国西藏自治区最大的内陆湖。蒙语和满语称“腾格里诺尔”，藏语纳木湖意为天湖，是西藏三大圣湖之一，湖面海拔 4718 米，东西长 70 公里，南北宽 30 公里，面积 1920 平方公里，是西藏自治区最大的湖泊，中国第二大咸水湖，也是世界上海拔最高的大湖。位于当雄县城西北方约 60 公里的山区，在西藏人的心目中具有非常神圣的地位。

纳木错南面有终年积雪的念青唐古拉山，北侧和西侧有高原丘陵，广阔的湖滨，草原绕湖四周，水草丰美。湖水含盐量高，流域范围内野生动物资源丰富，有野牛、山

<<<
纳木错

羊等。湖中多野禽，产细鳞鱼和无鳞鱼。湖水清澈，与四周雪山相映，风景秀丽。

今天，正式踏上归程。每过一处风景，就意味着看一眼，便要告别。再看一眼，便少一眼。

不知道从什么时候开始，在每一个东西上面都有个期限，秋刀鱼会过期，肉酱也会过期，连保鲜纸都会过期。我开始怀疑，在这个世界上，还有什么东西是不会过期的？

风景也会过期吗？

小尼子在前往纳木错的路上缓慢爬行。

不少同学问我，吉姆尼有什么缺点？可能最大的问题就是1.3升的排量，一上4000米就吭哧吭哧直喘气。

纳木错和珠峰，应该是本次行程中含氧量最低的两个地方。在这里，小尼子只能以时速20码缓慢爬行。

我在朋友圈里有个外号，人称“女普快。”意思就是：女的开车，普遍比较快。常常下停车场，不踩刹车吱地就进去了。红灯一过，嗖地就飞了出去。我还常常得意地狡辩：“我这是当快则当，该慢则慢。有强硬的技驶技术，才敢这样开车。”

而现在，时速20码，实在不像我的风格。

C开始还不明白，问：“你怎么不加油？又没其他车。”

我没好气地答：“我右脚就差没踩进油箱里去了。”

每个到过纳木错的人，整个灵魂都仿佛被纯净的湖水所洗涤。站在纳木错湖边，这世界上最高最美的神湖让人震撼，仿佛置身于一个蓝色的世界。淡蓝、浅蓝、灰蓝、宝蓝、深蓝以及深邃如墨一样的蓝，这由浅入深的蓝色，蓝得清澈，蓝得丰润，蓝得迷人，似乎包容了世界上的一切，如此神秘。

纳木错随着这几年旅游景区的开发，也出现了一些让人不快的现象。

例如，一小碗散发着酸味的肉丝面要价20元人民币。

例如，湖边常有牵马的人，告诉你骑到湖边是20元，但当你掏钱之后，会发现这段路不过一百米。

例如，常有一群摇晃着小手的孩子嘴里不停叫着“一块钱”！一到湖边便会被他们团团围住。如果施舍给其中一人，其他人便一转而向给钱的人，各显所能，吸引注意力，并高喊着：“也给我，也给我！”

但，这些，都不能削弱天湖之美。

当地的藏民对天湖的崇敬是由心而发的。在纳木错湖边见到许多汲水和洗涤的人，他们都不会把脏东西直接投入湖中，而是一小筒一小筒地把湖水汲取到河岸，然后再在岸边洗涤。这样，纳木错才能保持长年清澈，才能保有它的圣洁。

当我一次次看着天湖的时候，我知道，我的某些想法，也许是错了。

那些不停给自己追加的所谓向上的梦，只是为自己编织的一个美丽借口。

如果我们远眺群山的时候，也远眺下自己就好了。

我也爱他们的样子，在这个世上，只有爱情还是一片未消的雪了。——来自《活着真好》

6 月 23 日 21：00，在海拔 4718 米的天湖前，所有的疲惫在念青唐古拉雄峻山峰的映衬下，都变成了我相机里的一次景深。

别了，纳木错。

暂别，我记得。

小贴士

1. 进入纳木错景区要买票，售票的地点距离纳木错还很远。每人 120 元，由司机收钱统一去买。再往前开一段路，会有人上来验票点数。

2. 纳木错海拔 4718 米，比拉萨（3650 米）高了 1000 多米。所以在纳木错的高原反应比在拉萨严重得多。扎西半岛是低缓的丘陵，地面是碎石、土地和地衣。注意慢走，防止气喘或滑倒。最好提前服下防治高原反应的药。

3. 纳木错的天气变化无常，盛夏也会突然降温下冰雹。夜间气温更低，需要穿羽绒服。如果感冒，一天内就能引起高原肺水肿，危及生命。

4. 纳木错湖边的风很大，不建议自带帐篷扎营，可以租住当地人搭的帐篷或小屋。纳木错湖边已有许多板式结构的小房子，专门租给过夜的旅游者住，还有小饭馆。条件当然不会太好，价格也不低。标间 120 元/间，面条 15 元/碗。

5. 纳木错供住宿的板式小屋里，大部分所提供的被褥都比较单薄，建议自带睡袋以便睡个暖和觉。

六月二十四日

全天343km，全天行车7小时。

纳木错——那曲（206km），109国道，约4小时（限速，路好）

——安多（137km），109国道，约3小时（限速，路好）

六月二十五日

全天701km，全天行车10小时。

安多——唐古拉山口（89km）

——沱沱河镇（192km）

——昆仑山口（260km）

——格尔木（160km）（终于不限速）

景点推荐

羊八井：位于距拉萨90多公里的羊八井盆地，以地热资源闻名。目前，在羊八井地热的基础上，已开发出了价廉物美的地热温泉，此温泉不含硫黄，温度较高。去羊八井不是看风景，主要是体验一下高海拔地区的温泉浴，洗去西藏旅游的一身征尘及疲劳，目前泡温泉分室内游泳池、室外游泳池以及室内小温泉池等，费用2009年已经重新核价，从98元~160元不等，高原泡温泉应注意不要过于疲劳，时间不能太长。

唐古拉山口：唐古拉山是藏区名山，又叫唐拉山或唐拉岭，藏语意为“高原上的山岭”，亦为传说中藏区著名的山神。其位于青藏高原腹部，西接喀喇昆仑山，东连横断山，全长约1000公里，宽约150公里。一般海拔5500～6000米。山地间有许多宽大的盆地，是良好的牧场。以刚才雁石坪往南所经过的温泉哑口为界，分为东西两段：西段属高寒荒漠景观；东段属高寒灌丛草甸景观。在唐古拉山口这段铁路和公路之间，有海拔6022米的巴斯康根峰。在唐古拉山口上，视野比昆仑山口开阔许多。

昆仑山口：位于青海西南部，昆仑山中段，格尔木市区南160公里处，是青海、甘肃两省通往西藏的必经之地，也是青藏公路上的一大关隘，因山谷隘口而得名，亦称“昆仑山垭口”，昆仑山是中华民族的象征，也是中华民族神话传说的摇篮，古人尊为“万山之宗”、“龙脉之祖”，因而有“国山之母”的美称，藏语称“阿嘛呢木占木松”，即祖山之意。莽莽昆仑，气势磅礴，四季寒冬，银装素裹，群山连绵，万仞云霄。登临山口，巍巍昆仑的千峰万壑如同披着银灰色铠甲的群群奔马，随着风起云涌，滚滚向前。

可可西里：“可可西里（Hoh Xil）”蒙语意为“青色的山梁”。藏语称该地区为"阿钦公加"。是目前世界上原始生态环境保存最完美的地区之一，也是目前中国建成的面积最大、海拔最高、野生动物资源最为丰富的自然保护区之一。可可西里气候严酷，自然条件恶劣，人类无法长期居住，被誉为“生命的禁区”。然而正因为如此，给高原野生动物创造了得天独厚的生存条件，成为“野生动物的乐园”。

唐古拉山口，穿行在世界屋脊的天路上。

未消融的冰雪，触手可及。

过昆仑山口，云层变得阴沉，开始下起雨雪。

我在车辆侧滑的担忧中小心行驶，C却乐呵到不行：“这种风景，我从没见过。快，给我闪一张。”

“不要吧，这种天气，相机要淋坏的。”我看着相机，摇摇头。

C又说：“我把外套脱了，在雪里奔跑，拍一张就好。”

我再看看相机，还是摇头：“雪水进了相机，真的会坏掉的。”

“好嘛，算了吧。”C知道我的相机贵重，不再坚持。

话音没落，突然看到一群野生驴群，在不远处的草地上吃着野草。尖尖的耳朵直立着，尾巴有节奏地敲打着屁股。在淡蓝天际和茫茫白雪的背景下，那么安静。

我急忙停车，扛起相机冲进雨雪里。

快门一阵狂闪后，我心满意足地回到车上。见 C 一言不发地看着车窗外。

我问他："怎么？不舒服？"

他没好气地说："没想到，我还不如一群野驴。"

继续往前，进入可可西里自然保护区，这里就是藏羚羊出没之地了。

因为母羚羊的产羔地主要在乌兰乌拉湖、可可西里湖和太阳湖等地，每年 4 月底，公母羚羊开始分群而居，未满一岁的公仔也会和母羚羊分开，到 5 月、6 月，母羊与它的雌仔迁徙前往产羔地产仔，然后母羚又率幼仔原路返回，完成一次迁徙过程。

集成十几到上千只不等的种群，生活在 4300 米到 5100 米

<<<
可可西里

（最低3250米，最高5500米）的高山草甸和高寒荒漠上，早晚觅食，善于奔跑。夏季雌性沿固定路线向北迁徙，6月~7月产仔之后返回越冬地与雄羊合群。据说，能看到藏羚羊非常不易。

正在一望无际的路上奔驰，C大喊一声："停！快看！"草原上一群羊儿在我们面前毫无惧色地奔跑、嬉戏。有两只羊甚至都快要跑到我们面前来。

OH MY GOD，我不禁猛拍C的大腿感叹："这人品也太好了。"

兴奋啊！赶紧掏出手机围脖，并把QQ签名改成"看见藏羚羊"。

谁知一分钟后，微博上收到朋友老周的回复：

"老大，这是黄羊。"

我把手机给C看，C捂着肚子笑得直抽抽。管他呢。能逮到耗子的都是好猫，能让我拍到的都是羚羊。

小贴士

1. 沿途只有安多和格尔木有住宿，要计划好行车时间。若实在迫不得已要住在路途上，可以在沿途找兵站住宿。

2. 安多县城海拔4000多米，海拔很高，有高反的人会感到身体的不适。建议到达后就餐完毕便回房间休息。安多的餐饮以维餐和藏餐为主，也有少数的川菜馆可以提供饮食。

3. 格尔木是一个繁华的城市，无论住宿和餐饮的条件都非常好，有多种档次可供选择。

六月二十六日

全天 687km，全天行车 9 小时。

格尔木——都兰县（347km），109 国道，约 5 小时

——青海湖鸟岛（340km），109 国道，约 4 小时

景点推荐

青海湖：青海湖地处青藏高原的东北部，这里地域辽阔，草原广袤，河流众多，水草丰美，环境幽静。湖的四周被四座巍巍高山所环抱：北面是崇宏壮丽的大通山，东面是巍峨雄伟的日月山，南面是逶迤绵绵的青海南山，西面是峥嵘嵯峨的橡皮山。这四座大山海拔都在海拔 3600 米至 5000 米之间。举目环顾，犹如四道高高的天然屏障，将青海湖紧紧环抱其中。从山下到湖畔，则是广袤平坦、苍茫无际的千里草原，而烟波浩渺、碧波连天的青海湖，就像是一只巨大的翡翠玉盘平嵌在高山、草原之间，构成了一幅山、湖、草原相映成趣的壮美风光和绮丽景色。

青海湖在不同的季节里，景色迥然不同。夏秋季节，当四周巍巍的群山和西岸辽阔的草原披上绿装的时候，青

海湖畔山清水秀，天高气爽，景色十分绮丽。辽阔起伏的千里草原就像是铺上一层厚厚的绿色的绒毯，那五彩缤纷的野花，把绿色的绒毯点缀得如锦似缎，数不尽的牛羊和膘肥体壮的骢马犹如五彩斑驳的珍珠撒满草原；湖畔大片整齐如画的农田麦浪翻滚，菜花泛金，芳香四逸；那碧波万顷，水天一色的青海湖，好似一泓玻璃琼浆在轻轻荡漾。而寒冷的冬季，当寒流到来的时候，四周群山和草原变得一片枯黄，有时还要披上一层厚厚的银装。每年 11 月份，青海湖便开始结冰，浩瀚碧澄的湖面，冰封玉砌，银装素裹，就像一面巨大的宝镜，在阳光下熠熠闪亮，终日放射着夺目的光辉。

青海湖的天气实在是好。阳光明媚，天蓝得跟 PS 处理过一样，怎么拍都很美。随处可见白色的帐篷成堆成堆地排列在湖边，五色的经幡在阳光的照映下反射出灿烂的光芒。

远远的一头牦牛正在阳光下吃草。我正拍得来劲，那牛抬眼看到我，眼里似乎透着凶光，开始掉头向我走来。

C 在车上招呼我："牛来了。小心点。"

我回答他："再拍两张。"想来这一路碰到无数牛羊，或在他们身边走过，或在他们中间穿行，都从未遇到有什么险情。心里并未对这牛在意。

牦牛在离我十米开外停了下来，眼神更为凶狠，直勾勾地盯着我。我仍然拿着相机对着它拍。

可能它实在不愿意上镜，就见它右脚一抬，突然撒丫狂奔而来，鼻孔里呼呼喷着热气，嘴色流下白色的唾沫。

C 从车上跳下来，远远冲我大叫："快跑！"

我愣在那里，想跑，但双腿就是迈不开步。

一秒之内，牦牛已经冲到我面前。还好这一片的湖边围了一圈铁丝网，暂时阻止了它向我扑倒过来。

那牛把一半的牛头伸进铁丝网的缝隙，使劲儿往外挤，拼命想要把它肥硕的身体挤出来。眼睛还是那样直勾勾地看着我，眼睛里充满了愤怒的血丝。

没等我反应过来，我已像只小鸡似的被赶过来的 C 一把揪起，他提着我的衣领，把我拖到了车里。

回到车上，我的腿已经吓得发软。扭头看看那只牦牛，一半的身子已经挤出了铁丝网。

C 说："铁丝网救了你一命。"

我按了按跳到喉头的心脏，对C说：“是你救了我一命。”

C用手敲我的头：“看你下次还不小心。我哪可能随时保护得了你。”

我没心没肺地笑：“没有我的脆弱，哪能显出你的勇猛呢!”

话音未落，头上已被敲了个大包。

鸟岛：青海湖鸟岛，因岛上栖息数以十万计的候鸟而得名。它们真实的名字，西边小岛叫海西山，又叫小西山，也叫蛋岛；东边的大岛叫海西皮。海西山地形似驼峰，面积原来只有0.11平方公里，现在随着湖水下降有所扩大，岛顶高出湖面7.6米。岛上鸟类数量多，约有八九万只之多。这里的斑头雁、鱼鸥、棕颈鸥的世袭领地。每年春天，斑头雁、鱼鸥、棕颈鸥等一起来到这里，在岛上各占一方，筑巢垒窝，全岛布满鸟巢。到了产卵季节，岛上的鸟蛋一窝连一窝，密密麻麻数也数不清，所以，人们又把这里也称为蛋岛，平时所说的鸟岛也主要是指这里。

大师兄临行前送给我一本《中国国家地理——最适合拍照的 60 个地方》，其中鸟岛的照片，让我艳羡不已。

到了青海湖，岂能不去看鸟。

马不停蹄地赶到景点门口，已是傍晚六点。售票处说七点清场，我们急匆匆地买票进入景区。

景区环保车拉着我们到了第一个景点。拿出相机才发现，糟糕，相机没电。翻遍全身，电池扔在车上了。

时间不早，怎么办？

回去拿，但返程的环保车全坐满了游客，没有空位。怎么办？

走回去，估计要走半个小时，再返回，已经来不及。怎么办？

这时，有辆青 A 的车从景区出来。C 灵机一动，伸出大拇指摆出搭车的 POSS。没想到，车，停了。

车上坐着四个前来旅游的人，不知有着什么神通广大的关系，居然能把车开进景区。好心地搭载我们返回了售票点，并把他们带的烙饼分给我们吃。

返回时，已经没有游客进入景区，观光车专门把我们送了进来。

开观光车的藏民和我们互留了电话，并告诉我们：“下次再来玩，记得打电话。我从小就在这里长大，这个湖，从哪个山头看过去是什么样子，全都记得。”

以前觉得，但凡那些所谓的国家级 AAAAA 级风景区、世界文化遗产已经被政府所谓的开发保护糟蹋得一塌糊涂，到处都是劣质民俗工艺品店、假冒皮具店、劣质手绘 T 恤店、黑车从业者、骗子导游、脏乱客栈、吵死人的酒吧、圈套拍照者、难吃的特色饭店……

可这个地方，让我对五个 A，有了不一样的感受。

鸟岛坐落在青海湖的西北隅，分为一东一西两岛。在距离鸟岛很远的地方，游人就可以听到音色各异的鸟语，叽叽喳喳，热闹非凡。登上观景台一看，只见各种鸟类尽情嬉戏在天空与湖水之间，它们有的展翅翱翔，在天空划过一道道白色的痕迹；有的游弋追逐，在水面留下一道道银亮的波纹；还有的

\>>>
青海湖鸟岛

在岸上懒洋洋地晒着太阳。

忙不迭地架起相机，拍得如痴如醉。就连轻易不肯上相的C，也整了整衣领，冲我道："摄影师，给我来一张！"

可惜一路上，我只顾拍沿途的风景和路上，竟没有留下一张可以臭美的照片。

次日，在朝阳初透的夕晖中，我们，告别了青海湖，就是真正意义上，告别这次历时19天，8000公里的藏地之旅。

这旅途风景中的最后一站。意味着，旅行结束，修行开始。总有些人耐不住，总有些人要先走。但总有些人会留下，总有些人，会为了在路上，不停再出发。

遇见的会再见，道别的会重逢。

最近常有人给我留言，说：天晴，你的文字风格变了啊？我还是喜欢以前的，更有意境，更有感觉。

我笑，不争辩。心中想的却是：

那些幽怨的貌似看透生活的文字，就好像在自己的胸口表演碎大石。碎第一块，你可能会觉得很牛 B 了，会得意有些掌声。碎第二块，你可能会觉得有点疼了，但还在强忍。碎第三块，已是在不停地揭自己的伤疤，然后再撒下一把盐。第四块，第五块……突然，你发现，没有石头可以碎了，因为往事，早已在渐渐逝去的日子里，淡出我们的记忆。

于是，终有一天，你会被碎大石打败，默默离场，从今以后，选择抬起头，迎着阳光，微笑着，去面对一切发生和将要发生的事。

也许对很多人而言，进藏意味着高反和随处可遇的危险。

连夜赶路，被牦牛追，相机差点被抢，下雨塌方一路前行，修车工具一样没带，还差点和 C 各走各路。

只是当旅程走完，所有遇到的困难都成为过去，一切只剩下美好。

只是，当你第一眼看到布达拉，看到羊湖，看到珠峰，看到白塔和天路，你真的会特别希望自己成为水下的那颗石子，永远躺在那边海子。或是成为高山上的那片雪花，即使行将消融。

因为你会相信："它们是有生命的，它们不会老去。"

回来后，我看到的一切还是以前的一切，却已有所不同了。马路更坦荡了，楼梯的过道里也充满感激，以前做的好多事情，现在看起来，都是自己错了。以后做的事情，也开始渐渐有了清晰的方向。——摘自青衣大哥《活着真好》。

在路上，遇见虔诚的朝圣者，我感受到了信仰。

在路上，遇见单车的骑行者，我感受到了坚持。

在路上，遇见敬礼的小朋友，我感受到了淳朴。

在路上，遇见自驾的旅行者，我感受到了友善。

……

生活并不完美，拥有过的东西会失去，得到的爱情会离开，想追求的也许还是很遥远，努力过的不一定有结果。但是，我懂得，身边的一切事与物，宁愿跑着却被绊到无数次，也不愿规规矩矩走一辈子，自己选择的旅程，流泪也是幸福的。

我们不能改变世界，但是可以改变自己。如果有心，生活本可以这样简单而有趣，其实不难。

走吧，在路上，我们需要的，也许仅仅只是一颗说走就走的心。